張維中

とうきょうだんしべや

東京男子部屋

有故事的空間，
43個不安於室的美感備忘錄

原點

CONTENTS｜目次

Ch1

玄關・客廳空間——有故事的起居空間，不安於室的想念

Ch2

廚房・餐廳空間——回味無窮的記憶，美味的關係

Ch3

盥洗・清潔空間——乾乾淨淨的心靈，存在洗滌之間

Ch4

臥房・書客房空間——工作和休息的基本配備

Ch5

全室空間——想念在哪裡，我的鄉愁和家就在那裡

1

chapter

玄關・客廳空間——有故事的起居空間，不安於室的想念

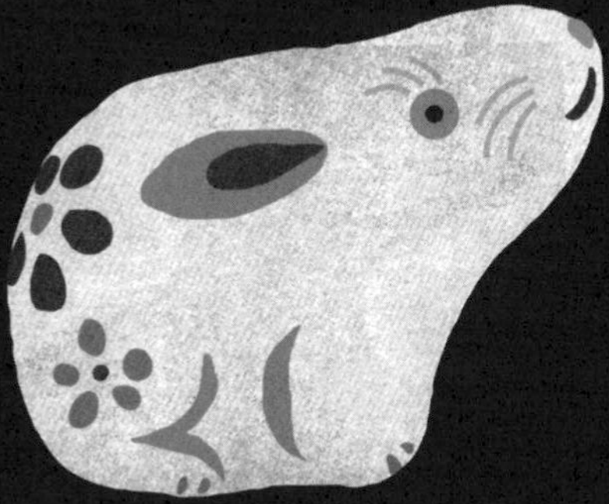

01 又下雨了

每當下起雨，公寓走廊每戶人家都會在門口「曬傘」，各種色調與花樣的傘，像從地上長出來盛開的花，人人走過花道回家。

每當開始下雨時，不知道為什麼我在家裡最先聽到的雨聲，常常是從廚房的抽油煙機裡傳來的。

滴滴答答，滴滴答答，起初還以為是漏水了，後來才發現是屋外的雨聲。可能因為家裡總是門窗緊閉，唯有抽油煙機管道是開放式的連結到外面，所以聲音就從這裡傳了進來嗎？我不清楚。總之推開陽台的落地窗，俯瞰街道，確實是下起雨了。

東京又下雨時，我總不免想到過去曾和我住在同一座城市的小韻。小韻應該是我的朋友圈裡，對下雨的厭怒表現得最為決絕的人。

「我真的很討厭下雨。」她住在東京的那一年，如果我們見面時剛好碰到雨天，當天的對話一定不可能少了她這句話。到底討厭到什麼程度呢？有一次我問她，她給了我一個此生都難忘的答案。

「我希望我死後舉辦告別式的那一天，不要下雨。」

好的，小韻，話都說到這裡，我真的很明白妳有多討厭下雨了。

但說起來好笑，我跟小韻第一次比較正式、完整且長時間的相處，那天就是下著大雨。那一次我回台灣約了碰面，小韻說要帶我半日遊她過去居住的民生社區，吃道地的私房美食。結果當天雨下得超大，但小韻秉持著宮澤賢治「不輸給雨，不輸給風」的精神，堅持領著我把行程走完。我們的褲管和鞋子全溼了，有一刻我真的懷疑老天爺失禁。

小韻來東京留學是三年前的事了。疫情爆發之初小韻搬回台灣，轉眼竟也經過兩年。國境封鎖的這兩年，不知是心理作用或是真的如此，總覺得東京變得更常下雨。當然即便如此，比起台北來說依然望塵莫及。

「雨一直下不停」、「雨下到身體快長菇」或「這雨到底要下到什麼時候?」經常是回到台灣生活的小韻，跟我在LINE上聊天時出現的頻繁句。但如果知道台北跟東京兩地平均全年總雨量的話，大概就不會再抱怨，而是認命了。東京的全年總雨量約為一五二八．八公釐，而台北是三七五五公釐，所以覺得雨很多，其實也只是剛好而已。

前陣子從東京搬回台北的朋友小裕，同樣也還在適應這一切。我們的Apple Watch有共享兩個人的活動量，每次運動完或是達標時，就會自動通知彼此。收到小裕的通知時，簡訊中最常夾帶著他的兩句話就是「熱死了」和「雨還在下」。

不過，小裕住在日本的時間久，其實他知道，比起十幾年前來說，東京的氣溫變化得很大。不僅認真熱起來時比台北甚至曼谷還熱，連下雨的形式也有所改變。小裕曾說，十幾年前東京不太常連續下雨，但現在好像雨天的頻率也高了。

其實不只如此，東京雨天氣候最大的變遷是「熱帶化」。那種突然而來且驚天動地的午後雷陣雨，過去不太會發生，可現在也常見了。夏天忽地來一陣暴雨，甚至還會下冰雹呢，令我忍不住想這城市到底有多少冤情？

每當下起雨，公寓走廊就會出現有趣的風景。每戶人家都會在門口「曬傘」，各種色調與花樣的傘，像從地上長出來盛開的花，人人走過花道回家。

我家沒有傘桶，只用了一組有磁鐵可吸在門後的傘架，一次最多只能插放四把傘。一個人最多會用到的傘大概頂多一、兩把吧？所以其實傘架我只占了兩個位置，但時常其他空格也插著傘，只是都不是我的傘。

有一陣子，我家有很多便利商店賣的透明塑膠長傘，多到傘架不夠放，必須在鞋櫃中特地騰出一個空間來放。那些傘有好幾把是來自於旅行而來的台灣親友，人走傘留，說下次來再用，結果下回來又再買，然後又留。

實在堆得太多了，有一天大掃除時決定全部清空。丟傘的時候，竟發現其中還藏著一把，是交往過的對象留下來的，突然感到毛骨悚然。

下起雨，撐著傘，即使陰陽相隔也要重逢，是市川拓司小說《現在，很想見你》的浪漫情話，但那個前提是有愛。而我也不是寧采臣，並不想遇見聶小倩，對於此生再不想見到的人，就算彼此還活在陽間，只是看到留下的傘都恍若鬼魅，陰魂不散。

早該丟掉的傘，該散的就該散。

02

我在這裡除溼，你在那裡加溼

最後我挑了一台日本製的「象印」加濕器。它的外形非常幽默，因為根本就是把他們家的熱水瓶，拿來改造成加溼器的嘛！

我在這裡除溼，你在那裡加溼。

每逢冬天在家裡拿出加溼器時，台灣的朋友或家人聽說了，常常會冒出這句話來。因為台北盆地的溼氣很重，要是在靠山的地方，冬天衣服曬不乾是常態，若家裡不開除溼機，書跟紙久了都會跳起波浪舞。可是住在日本的我，冬天卻非常乾燥，尤其是成天開著暖氣的話更嚴重，不開加溼器的話，別說皮膚乾燥問題了，就連頭腦都會變得昏昏欲睡。我媽就開玩笑說過：「我在這裡除溼，你在那裡加溼。我除溼機的水，都隔空到你的加溼器裡了。」

十幾年來我換過幾台加溼器。加溼器依照構造設計，加溼的方式不同，有很多種類可選擇。記得住在練馬區時，最早買過的是無印良品的。加溼的方式是傳統的熱氣式，就是以加熱的方式，讓加溼器冒出熱熱的水霧來。

在超冷的冬天夜晚，那台加溼器會把落地玻璃蒸得一片霧茫茫的，可以在玻璃上畫圖或寫字。

如果旁邊有個想要告白的對象，卻一直沒有勇氣，那或許是個好時機。兩個人在玻璃面前寫下心底的話。只是浪漫完以後，你會痛恨這面起霧的玻璃。因為太陽一出來，這些水蒸氣就會灘成一片溼地，等待清理。加溼器一開，總得面對第二天清晨的後果。像是所有的浪漫，有一天都要收拾殘局。

那台加溼器還有個問題，因為水並非達到沸點，做不到消毒，且內部構造長時間下來內容易結晶。一塊塊斑駁的，像是鹽塊似的東西會結在熱氣管旁。要是不定期清理的話會滋生細菌，放出來的水氣就很髒。

從練馬區搬家到神樂坂的邊陲時，我就把那台加溼器換成另一台

Panasonic，空氣清淨機與加溼器的二合一機型。

這次加溼器是「氣化式」的構造，利用內部風扇將常溫水擴散到空中，好處是內部不容易結晶，但壞處是加溼效果低，而且因為不會冒出霧氣來，總讓人懷疑真有在加溼嗎？

又搬了一次家，落腳中央區以後房子空間變大了，有感加溼力不足，於是添購另一台「超音波式」的加溼器。超音波式，又是另一種加溼的方式。市面上冒出霧氣的那種精油香氛機，就是超音波式的。在視覺上很有感，加溼力略比氣化式的好些。這台用了好多年，一直到去年底拿出來用時才發現故障，於是這陣子打算更換一台新的，就去了有樂町的家電賣場「Bic Camera」看看。

我真的好愛逛日本的家電賣場。對我來說，家電賣場的存在簡直與生命攸關。每當感到生活百無聊賴，對人生目標全無想法之際，只要一踏進家電賣場，轉瞬間就會覺得：天啊，我一定要好好活下去。

從攝影機、生活家電、季節性電器、視聽影音器材、修容小電器、電腦相關設備，到遊戲機軟體，甚至是玩具樓層的扭蛋，穿梭在這些樓層之間，總是處處有驚喜。這個世界原來又多出了這麼多新鮮有趣的東西！

它們設計得如此地美，細節中充滿創意，用起來必然是超級體貼、非常便利，令我深深感到美好的生活唾手可得。人生沒什麼大遠景又有什麼關係呢？有這些東西就夠幸福了啊。

那些電器紛紛發出磁波，暗藏著一股聲音在我耳邊呢喃著：「你啊，非得生龍活虎平安健康地活著，才能夠享受到我們喲！」所以每當我身在家電賣場時，就會感到一股充滿生命力的，強烈的正能量。

來過日本大城市旅行的人，大概不會有人沒去家電賣場血拚的。你要是沒去，回台灣可能就會被取笑，在他們眼中等同於沒去藥妝店一樣的罪行。日本的家電賣場很多，旅人們各有所好，而我自己是習慣去Bic Camera，因為住家附近的有樂町就有一整棟。

說實在Bic Camera的賣場格局很陳舊擁擠，滿滿的昭和味，跟後起之秀「蔦屋家電」比起來，從空間到氣氛完全與時尚扯不上邊。不過，逛家電賣場又不是在逛美術館，我倒是喜歡那股亂中有序。像傳統百貨公司一樣的氣氛，不會有逛精品電器被誰打量的壓力，只要你靜下心好好的逛，必能淘到寶。

印象中二十多年前我第一次來東京玩時，Bic Camera有樂町店就存在了。那棟大樓從外觀到內在都老派，以至於我一直以為大樓從落成以來就是屬於Bic Camera的。後來才知道，那棟樓的前身竟然是SOGO百貨，而且還是首都圈一號店。這麼一說，就不難理解大樓內的格局了，低矮的天花板，樓層動線，電扶梯的配置方式，果真保存著老派百貨公司的骨架。

一九五七年SOGO在此營業，當時風生水起，即使開幕當天下著雨，據說仍吸引三十萬人湧進。有首老歌叫做〈相逢有樂町〉我是一直知道的，但也是到很後來才曉得，原來「相逢有樂町」是SOGO開幕時原創的宣傳文案及廣告主題曲，而且後來居然還衍伸出連載小說跟電影。對比後來SOGO在日本的全軍覆沒，真是充滿風水輪流轉的感慨。

但，如果有樂町SOGO沒倒，也就沒有二〇〇一年誕生的Bic Camera

有樂町店了。

雖然我說我愛逛 Bic Camera，甚至也有他們家的聯名信用卡，但是我必須很慚愧地坦承，如今我在那裡「逛」比「買」的機會多很多。現在很多人都跟我一樣，去家電賣場的主要目的，是為了「觸摸」實物。想買的商品多半先在網路上看過了，但是還是想要觸摸看看實物的質感，確認尺寸的大小。等到確定要買了，就會滑開手機，打開 Amazon 查詢網上價格。然後總是驚訝地發現，哇，原來還可以便宜這麼多！於是就在商品面前，眼睜睜地按下訂單，隔天甚至當晚就能送到家裡。實體和網路商店之間，多麼血腥的殘酷。

於是，新的加溼器不用我費力拎提，隔天早上就從 Amazon 送抵了我家。

最後我挑了一台「象印」出的日本製加溼器。

象印？沒錯，就是那個以賣保溫瓶跟熱水瓶而聞名的象印。我沒想過象印會出加溼器，看到外形時，覺得非常幽默。可能有人會覺得土？但我感覺超級可愛，因為根本就是把他們家的熱水瓶，拿來改造成加溼器的嘛。

象印擅長於保溫技術，所以這台加溼器就像是煮開水一樣，水保持在沸騰的狀態，水蒸氣就會冉冉而出。加溼力效果超強，短時間就能滋潤空間的溼度，不用一直開著也行。

打開新的加溼器，灌進一桶水，看著水霧氣蒸騰而起時，我又想起了「我在這裡除溼，你在那裡加溼。」這句話。雖然與許多人事物相隔兩地，那句話讓我有一種物質不滅定律的感覺。這世間很多人很多事一直都在，只是換移了空間，有時你看得見，有時你只能感覺。

03 有備無患的防災用品

去年春天有一次較大的地震，據說不久以後賣得最好的母親節禮物竟是防災用品組！真是非常貼心，但希望媽媽用不到。

一天到晚都在震。這幾年無論是日本還是台灣，總有這種感覺。比以前更大的地震，似乎發生的頻率愈來愈高了。不知道是正常能量釋放，或是誘發另一場大震的前奏呢？誰也說不準。唯一能確定的只有倘若下一秒就來一場毀滅級的地震，恐怕都不是太意外。

東日本大震災以後，我家就一直有準備著防災用品。把一些在緊急狀況時可能會用到的東西塞進一個袋子裡，以備不時之需。

最初是在百元商店買了一個印有「非常用持出袋」（緊急外帶包）的帆

布袋，將手電筒、電池、火柴蠟燭、哨子、保存期限長的乾糧放進去，此後就沒再管了。有一次地震後拿出來檢查，忽然覺得那袋子很難開又不好背，而恰好手邊多出一個沒在用的PORTER吉田包，於是決定拿來替換。

「哇，這背包這麼好，平常不背太可惜了吧？救難包有必要用到這樣嗎？」朋友小山君看到了問我。我搖搖頭，笑著回答：「哎啊你不懂天秤座啦！避難也是需要儀式感的。」

當然希望不會有用到這種儀式的時候啦。但有備無患，畢竟我是同時經歷過台灣九二一跟日本三一一地震的，很知道「物」到用時方恨少。

記得那一年地震後，很多人家裡都會放著救難包，只是後來有一段日子地震不太多也不太大了，這東西逐漸消失在生活裡。直至這兩年，日本地震的口味愈來愈重，一搖經常就是四、五級起跳，東北甚至常出現六級，防災用品才又被重視起來。

上星期東北又來一次大震，東京也搖晃得嚴重，結果造成關東有兩百萬戶大停電，就連很少停電的東京都二十三區，都有七十多萬戶陷入黑暗世界。我家很幸運沒停電，就算是停電了也不會慌亂，因為我的救難包裡早有準備好應急用品。

認識的友人可沒那麼幸運了，他家停電了，而身邊只有手機能發光，但偏偏電力只剩下不到百分之十。第二天，他就衝去賣場買了手電筒，也順便準備了一個救難包。

這場地震讓家電賣場的手電筒銷售量比平常多了十倍，防災用品的銷售也跟著亮眼。想起去年春天也有一次較大的地震，據說不久以後，日本賣得最好的母親節禮物竟是防災用品組。這真是非常實際且貼心的禮物了，雖然希望媽媽用不到。

以前我曾覺得救難包應該收在臥室的櫃子裡，睡夢中若地震來襲，一拿就能走。搬到現在住的家以後，玄關的鞋櫃很大，有一個隔層能塞進我的 **PORTER** 救難包，於是改放到那裡。前幾天看到一項報導，經歷過阪神大震災的難民說，大地震發生瞬間，以為收在房間裡的東西能帶出去，這想法太天真。

他的建議是救難包應放在玄關，例如矮鞋櫃裡。一來是若真要逃，總得從玄關逃出去；二來是那裡通常東西較少，不會被翻落的雜物給擋到。那個受訪者還說房子的結構裡，就屬玄關的部分最穩，但不知指的是否是日本木造的獨棟房。

防災用品系列琳琅滿目，連無印良品都推出防災用品懶人包。如果懶得思考該買什麼，嫌一樣樣採購麻煩的話，無印的組合包已經幫你配好。不過，無印的防災用品裡少了一項我覺得非常必須的東西，那就是最近地震後，總是賣得最好的產品——手動充電收音機兼行動電源及手電筒。

我沒寫錯，就是那麼長的名字！去年我也買了一台，替救難包升級。這東西用USB線充飽電以後，具備手電筒和收音機的功能，還能為手機充電，要是電用完了，拉開把手就可以開始用愛發電，啊不是，是用旋轉發電。在一定的時間內旋轉到某個程度時，可產生應急的電力。不覺得非常聰明嗎？在此真心誠意建議所有人的家裡，都應該準備這項神器。

最近這場地震後檢查救難包時，突然覺得應該放一點現金進去才對。習慣了用手機的電子錢包付款以後，身上的現金都很少了。在緊急狀況中，如果只能用現金，而提款機又無法使用時，就算手機的電充得多飽，一切也是枉然。

「至少可以上ＩＧ發『限動』啊！」小山君是活在社群網站世界裡的，他聽聞後這麼告訴我。我驚訝地回應：「到了那種時候，你還在乎發文？」小山君搖搖頭，笑著回答：「哎呀你不懂啦，這就是我的儀式感！」

04

屋裡屋外的過渡空間

第一次到我家的朋友，在玄關脫完鞋時會先愣一下。因為不知道要開左邊還是右邊的門，才是通往客廳。他們總是笑著說我家好神祕。

台灣的公寓大部分是不是比較少有玄關的設計？日本的房屋好像大多還是很堅持有玄關的結構。可能每個人對於「玄關」的想像不太一樣。我對玄關的定義，是在大門打開以後，會有一個獨立的地方，作為門外與客廳之間的「過渡」空間。

那像是一個私密的折衝點，站在門外的人（如宅配人員）只能看見玄關（以及擋在這裡的主人），而見不到玄關後面的世界。那也像是一個暖身的、充滿期待的折衝點，當你第一次到訪心儀對象的家裡，站在玄關脫鞋，對方在此迎接，彼此裝作自然而然的模樣，心裡卻小鹿亂撞。對方帶著你穿越過玄關，你好奇著他私密的空間，當你終於看見他家裡的模樣時，彷彿彼此的關係也晉級到新的境界。

有些台灣的新大樓會有「類玄關」的設計，但我覺得還是跟日本房屋的玄關不大相同。台灣的公寓多半是進門同時脫鞋，因為一進門就是客廳了，但日本的房子則是在進門後才站在玄關脫鞋。

簡單來說，日本房屋無論大小，門後玄關一定會有一個段差，整個室內是墊高的，在玄關脫鞋以後，你得「踏上」一個階級，才會走進家裡。但台灣的公寓好像不太會有這樣的設計？通常屋外、玄關和屋內都是保持在同一個平面。

所以在日文當中有一句邀約別人到家裡的話：「どうぞ上がってください」，翻成中文比較自然的說法是「請進來我家坐坐」。但原文裡則會慣用「上」（上がる）這個日文動詞，其實那概念就是從玄關的地面脫鞋，往「上」一步踏進家裡。

我在日本住過四處不同的公寓，其中有三間公寓，在玄關之後都設計了一條走道，先通往衛浴間、放置洗衣機的地方，以及簡易的小廚房，然後推開一扇門，才是起居的房間。這幾乎也是大部分日本公寓既定的形式。

現在住的地方隔間比較特別，從玄關踏上屋內以後，是以一個中繼站似的小空間取代走道。這裡有兩扇門，左右隔開了兩個區塊，一邊是客廳、廚房和房間，另一邊則是洗手台、衛浴空間和放置洗衣機的地方。

第一次到我家的朋友，總是在玄關脫完鞋時會先愣一下。因為不知道要開左邊的門還是右邊的門，才是通往客廳或房間。他們總是笑著說我家好神祕，而我以為這種玄關的設計，帶著私密且模糊的空間，其實也是很有日本的個性。

說到玄關，兩年前的某一夜，曾發生一件大事。我在睡前刷牙時，分心而四處張望，竟忽然瞥見玄關的天花板，有滲水的跡象。水珠沿著牆角透出來，壁紙受潮起了縐摺，沒一會兒，水珠承受不住重量，開始從牆上墜落，一滴又一滴，地板也開始積水。

房屋漏水？這下子可麻煩了！第二天一大早，聯絡公寓的管理公司，所幸他們很快就派了人來看。經過一番檢測後發現，出問題的管線不是我家樓上的住戶，而是樓上的樓上。

「這就奇怪了！」檢測人員推了推眼鏡，像是柯南辦案一樣的眼神，說：「為何你家樓上的住戶沒反應？漏水會先漏到他家才對。水可以從兩層樓以上漏到你家，那就代表他家……」

他語多保留，又給了一個微妙的神情。該不會下一句要說「真相只有一個」吧？好了，拜託別再演，我內心吶喊，快去看看樓上為何沒反應？該不會在家裡發生了什麼事？

一喜一憂。喜的是家裡沒人發生什麼事；憂的是樓上住戶恰好出國，他們沒留鑰匙給人。透過他們任職的公司聯繫到本人，最後住戶同意請鎖匠開鎖破門而入。

管理公司的人轉達樓上的慘狀，已成一片水鄉澤國。至於我家玄關木板隔間及壁紙，因漏水而必須整修的費用，還好是免費由投保的管理公司負責施工，省下了好幾萬日幣的開銷。

疫情期間，玄關擺設的最大改變，就是在入口處放了消毒酒精。每天回家後第一件事情就是消毒手，已經成為日常中的生活習慣。

新冠病毒看來是不可能完全消失了，新冠肺炎將與我們共生。我在想，就算疫情趨緩了，我家玄關放置的酒精恐怕也不會撤去吧。回家一進門就消毒手其實是件好事，但不知怎麼，活得這樣的小心翼翼，總還是有一點「再也回不去了」的哀傷。

05 即使低調也閃閃發亮

招福生肖每一隻都藏著籤詩，底部的一根紅線拉出來就能看到籤詩內容，可是我從來沒有拉開來看過。

歲暮時節，不知不覺就走進了一年僅剩的最後一個月。十一月中旬經過「中川政七商店」時，看見已經擺出明年的生肖陶偶販售，突然心裡一驚，啊，已經開始賣了呀？提醒我又到了該買的時候。

看見中川政七商店的招福生肖時，代表跨年已經不遠。

每年買一隻他們家出的招福生肖，不知不覺已成為例行的習慣，像是一種儀式感，彷彿把新的陶偶帶回家時，就有一年將盡且迎向新歲的準備。

中川政七商店的招福生肖，我是從猴年開始買的，牛年時已達十二生肖的一半。新的一年是兔年，一晃眼已經是第八隻。換句話說，再過四年買四隻，龍蛇馬羊，就集滿一輪了。

一七一六年創立於古都奈良的中川政七商店，迄今已逾三百年。最初是一間專門從事麻織物製販的商店，如今則在麻織品以外，擴展成以販售日本職人手工商品、日本工藝與生活雜貨為基礎的店家。

我覺得在中川政七商店的物品裡，好像都藏著一個看不見的月曆與時鐘。讓人感覺到那些物件不是沒有生命的，而是會隨著時間活起來。踏進中川政七商店，從空間到原創商品與他牌選貨，都能感受到比別人多了一份對於「時間」的敏感。

新一代的年輕接班人為品牌注入新的理念，把日本從以前流傳下來的「和雜貨」添加進一些創新的元素，再用充滿設計概念的包裝，將日本傳統文化換上新面貌，翻轉出與時代接軌的模樣。日本傳統特色的商品，自此多了時尚感。

朋友來到我家，一旦注意到家裡擺設的生肖陶偶以後，很快就會發覺我家還真多小東西出現在各個角落。因為大多造型太可愛了，放在角落即使低調也閃閃發亮。類似生肖的陶偶，還有中川政七商店的奈良鹿和澀谷限定版小狗。

除此之外，卡通人物的塑膠公仔也不少，光是史努比家族，大大小小就有好幾個；不同造型的哆啦A夢小叮噹也挺多；另外還有「樹仔」（Treeson）、谷中堂的招財貓、Suica企鵝、有一陣子很著迷的韓國Kakao Talk家族、瓦愣紙箱造型的「阿愣」……至於好幾台造型可愛的TOMICA迷你車，則滿足了不會開車卻喜歡可愛車款的我。

雖然理性知道家裡裝飾品太多，這些小東西實在不應該再買了，但終究敵不過它們的可愛。總是在腦筋清醒以後，發現它們已經住進我家。

進駐我家的招福生肖，如果是那一年的主角，會被我供在客廳的層櫃上，而卸下職務的去年生肖，則會被移到書房的書架上跟過往的動物作伴。客廳的層櫃是裝飾品的主舞台。櫃子下收納書、雜誌、DVD和雜物，最上面一層則固定放置無印良品的精油香氛機、POTER線香台、HomePod和一台Amadana CD播放器，其餘的空間就是擺放那些裝飾品。

有如美術館的展覽空間似的，我為我自己策展，不定時會更換物件的擺設，其中有「常設展」（常年擺放不會撤掉的東西，例如氣象球和伽利略溫度計），也有「主題企劃展」（隨心情和季節而替換的物品，例如最近放著去年從花蓮七星潭撿回來的石頭）。有時會呼應對面牆上擺放的黑膠唱片或畫作，暗藏某個主題。

總之，只是自己玩得開心而已。偶有到訪的友人若是細心看出了端倪，我便會在心底為有慧根的他按讚加分。

櫃子上原本放的小東西很多，自從朋友送了我一尊奈良美智的眼鏡公仔（我暱稱為奈良大佛）作為生日禮物以後，我撤掉了不少雜物，目前就是只以大佛為主，周圍放著在直島買的草間彌生小南瓜，還有幾件跟奈良美智有關的小東西，包括在那須塩原「N's YARD」買的迷你狗和徽章，以及好多年前忘了是買哪一本書時附贈的小樹精「森子」。

從中川政七商店把來年生肖帶回家的那一晚，在新宿跟好友K和小珉碰面吃了晚餐。我因為小珉而認識K，晃眼就超過十幾年。在友誼關係中，我始終是比較被動的，雖然在乎情誼，但卻很少會主動去約人。老實說就這樣漸漸淡了關係也很理所當然，但感謝他們沒嫌棄我孤僻的個性，總是惦記著我，讓友誼持續下去。

我們三個人無論多忙，每個月至少會約一、兩次飯局，早年會找其他在東京的台灣朋友一起去，後來一個個回了台灣，最後聚會只剩下我們三個人。然而，這樣的三人幫形式，在下個月就要落幕了。K因為婚事而決定搬回台灣，結束在日本十四、五年的異鄉生活。

背井離鄉的人，畢竟跟生活在原鄉的狀態是很不同的。每個人帶著某種目的而來，期間限定的生活，歷經片片斷斷的人際關係，離別的倒數聲總是清晰，分合更顯深刻。離開生活了這麼久的地方，一定會不習慣的吧？況且回去還要面對婚後的新生活。

K明顯有些不安，而我們能做的也只有鼓勵K別想太多，用加法而非減法的態度來迎向改變。其實，不習慣的何嘗只有K呢？今年的我，送走了小裕和K回台灣，都是在東京同甘共苦十幾年的好友，一定也需要時間調適的。

回到家，把招福生肖安置到恰當的地方，我看著它們在想，當我迎來第十二隻，看著完整的生肖動物一字排開時，不知會有怎樣的心情呢？除了喜悅的成就感以外，不免還是會對時光荏苒有點感歎吧？

招福生肖每一隻都藏著籤詩，底部的一根紅線拉出來就能看到籤詩內容，可是我從來沒有拉開來看過。我知道，生肖裡藏著真正珍貴的東西是無形的，那是多少個春夏秋冬，我和我在乎的人，一起經歷過的聚散離合，放在角落即使低調也閃閃發亮的時光。

06

好好地自轉下去

黑膠唱片旋轉的是一種看得見的時間感，每當我默默注視著唱針滑動在唱片上時，很神祕地，心情總能夠靜穩下來。

原來是跟一間屋子，最長時間也最親密的相處。

新冠疫情爆發的這幾年來，東京防疫生活給我的最大領悟，就是人際關係的應對進退，那些過往會主導一個人喜怒哀樂的元素，突然間，撤離到很後面的位置了。

像我這樣住在單身公寓裡的隻身一人，這些日子以來，花上最多時間相處的已不是任何一個人，而是容納我生命運轉的小小空間。一所不會發聲，卻又時時刻刻在心底與自己對話的屋子。

有利有弊。利，是一個人居住能徹底減少家庭群聚感染的可能；弊，是所有的心理狀態會被放大，身體要有足夠的能量來承擔才行。情緒幻化成一隻被豢養的獸，與自己朝夕相處。要是小心照料牠，彼此就能和平共處，享受自得其樂的日常；但要是因為足不出戶而感到困坐愁城，那麼就會對立成壓力爆表的冷戰局面。

居家遠距工作，減少社交聚會，我有更多的時間獨處了，更靠向自己的內在。眼見防疫是一場長期的抗戰，卻也是一個難得的契機，得以重新思考生命中的輕重緩急。對喜歡的事得好好把握，討厭的事也別再執著，來一次身心的斷捨離。因為面對病毒日常化，從壓力的縫隙中喘口氣，保持身心平衡好好過日子，變得是一件樸實卻重要的事。

想在紛紛擾擾的亂世中，營造一方安頓身心的場域，需要一些有效的配方。

之一．香氣：精油、線香和蠟燭

通常我習慣從香味開始著手。空間有限，但氣味卻可以打破藩籬，拓展界線。香氛精油和線香，是我認為改變心情和空間感最迅速的方式。常備的萬用精油當屬薰衣草和天竺葵，前者有益睡眠品質，後者益於平衡自律神經。茶樹滴在消毒酒精裡，清潔環境則有加乘效果。當香茅草精油氣味縈繞在房間時，取代了我無法旅遊的遺憾，彷彿一秒置身於南洋風情。每換一款精油香氣，空間就瞬間轉換成另一種表情。

有時候則渴望以和風氣息來裝飾屋子，我會點燃一炷京都百年老舖「薰玉堂」的線香。偶爾是帶著禪意的沉香，偶爾是濃縮四季流轉的當令花季，挑一款喜歡的氣味，香味可改變空間，亦能鎮定人心。

蠟燭則是冬令時節的選擇。點燃來自法國的「MAD et LEN – Bougie Apothicaire」芳香蠟燭，怡人優雅的淡淡香味彌漫在整個客廳，尤其適合歲暮年初的氣氛。倘若恰好有朋友來作客，那麼就搭配一壺熱紅酒吧！談笑聲中，看著燭火搖曳，感覺室內溫度緩緩上升，冬天原來是溫暖的時刻。

之二・音樂：HomePod、黑膠唱機

聲音當然也是舒緩壓力所不可或缺的元素。善待自己的耳朵，挑一款好的音響吧，保證當療癒的音樂流瀉而出時，會不自覺地放鬆緊繃的情緒。我喜歡為自己製作歌單，從一早起床開始，HomePod 就會在設定好的時間播放早餐歌單。進入工作狀態時，音樂轉換成得以集中精神的歌單，或者有時候低聲播放廣播，感覺有人陪著一起辦公。

當我在書房踩起健身車運動時，慷慨激昂的運動歌單就上場了。運動是放空的過程，什麼都不必想，只專注在感受肌肉的回饋，也是通往舒壓的捷徑。

播放不停歇的串流音樂歌單固然方便，但還是想要有種「起身換歌」的踏實感。這時候，我的 audio-technica 黑膠唱盤就顯得老當益壯了。挑一片

艾拉．費茲傑羅的爵士樂，或韓劇《機智醫生生活》的配樂，處處充滿著安撫人心的溫暖。A面換B面，實體唱片旋轉的是一種看得見的時間感，一張唱片轉完了，像沙漏般，踏踏實實的一個小時完成報數。每當我默默注視著唱針滑動在旋轉的唱片上時，很神祕地，心情總能夠靜穩下來。

之三．視聽：投影機、家庭劇院和閱讀

疫情生活中，在家裡最感到自得其樂的事，是為客廳設置了一台投影機。

恰好在疫情到來的前夕，我為客廳添購了一套渴求了很久的BOSE家庭劇院組合，四面環繞音響配上重低音，原本已經非常滿意了，在疫情爆發後，待在家的時間長了（意味著上網買東西的頻率也高了），於是又再購入了一台LG投影機。掛上百吋螢幕尺寸的布幕，當燈光熄滅，開啟投影機光源的剎那，家庭劇院即瞬間開張。為自己策劃主題影展，用最放鬆自在的姿

態窩在沙發上鑑賞，不怕沒得看，只怕看不完。

然而，最不需要花費什麼成本的，就是翻讀一本書了。縱使有各式各樣足以安穩人心的方法，我總以為閱讀仍然是最可以靜下心來的良方。刪除聲光刺激，閱讀以一種手工過濾雜質的技法，每一次，令我感覺自己又乾淨了一些。

地球浮在宇宙中，說穿了，始終不是踏實的。生活在這星球上的每個人，看似腳踏實地，綜觀來說也是浮動著，隨難以招架的世事而擺盪。疫情走向日常化，看似生活漸漸恢復過往，但誰又知道是否忽然哪一天，我們又得與外界隔離，縮回自己的房子裡呢？

無常其實是日常。大環境既然如此，唯一能夠做到的就是安穩自我，在可能的範圍中，一圈一圈，好好地自轉下去。

07 線香氣味的遠遊

在家裡，一個人的時候，時間的速度往往變得曖昧。燃燒一根線香，你覺得你的生命又失去了二十分鐘，抑或是覺得又向前邁進了二十分鐘呢？

溫度愈熱的地方，視野和氣味愈容易渾沌成一團；溫度愈冷的地方，光線和氣味會變得愈鮮明，這話在我無科學根據的體感經驗值當中，認為是一點都不假的。比起台灣，我一直以為氣味在日本的空氣中總是敵我分明，難以狡猾地躲進另一種味道裡模糊自己。

好的味道很持久，相反的，壞的味道也特別搶戲。味道既然令人如此敏感，在注重距離感的人際關係中，就會變成非語言的社交禮儀，或隱私的暴露。走進一個場所，踏進一個人的起居空間，還不必開口，從氣味就能先給出定義。或許是這個原因，日本非常熱中販售用於各種空間、形式迴異的空間清新用品。無論是除臭或是增添芳香，盡可能地，用一種對大眾而言比較安全的氣味，去降低空氣中味道的原形。

在這當中，有一種是「線香」。

跟台灣廟裡拜拜燒的香一樣，日本線香原本也是宗教用品，或用在家中祭祖，只是長度短得很多，大約只有十三點五公分左右。好像台灣的香也有固定的長度？不知道是怎麼樣制訂出來的統一規格。

宗教用線香的材料出自於香木，味道單一，但是近年來線香在日本的角色已從宗教用品轉為生活雜貨，被視為空氣芳香劑，材料加入人工香料，擁有多采多姿的香味。這樣的線香被稱為Aroma線香、香氛線香或精油線香。現在踏進生活用品店，例如無印良品、中川政七商店等，線香都會跟芳香精油放在一起。

雖然大部分的時候我是用精油香氛噴霧器，但在家裡也常備著幾款線香，偶爾想轉換氣氛時就會點燃一根。點線香，就需要一個線香台，日文稱為「香立」，用來插立線香和接香灰的盤子。如果不太在意，其實隨便找個碟子，然後有個能將線香立起來的東西就行，但要是一認真起來的話就不得了，是能讓人荷包大失血的。

我現在用的香立，非常潮，某一年好友小珉送給我的生日禮物，來自吉田包 PORTER 與香老舖「松榮堂」跨界合作的商品。木箱包裝美翻天，而長碟印著 PORTER 人形，插香的金屬器具則是松榮堂標誌的松模樣，很精緻。從未想過這兩間毫無關係的品牌居然會湊在一起，覺得非常特別。不用線香時放在客廳當裝飾，看到心情都好。

我慣用的線香品牌以「薰玉堂」為大宗，其次是「松榮堂」和「鳩居堂」。這三間香老舖都來自京都，在東京的銀座和丸之內也有分店。三間店都是百年老舖。

東京人聽聞百年，心想就是一百多年吧，但京都人對時間的感受不同。這三間所謂的百年老舖全超過三百多年。其中創業於一五九四年的薰玉堂最久，已有四百多年歷史，是日本現存最古老的「御香調進所」（線香舖）。為什麼全集中在京都呢？我想是跟京都的百年寺院較多有關。

不過，其實日本最早開始製造線香的地方，是在我很鍾愛的大阪堺市。幾年前探訪堺市，曾特地找過香老舖，梅榮堂、奧野晴明堂和薰主堂是當地現存的線香老店，但無論名氣、歷史和經營規格都已比不上京都的那幾間。畢竟誰能跟京都匹敵呢？京都光是亮出地名來，就是塊名聞遐邇的響亮招牌。

在薰玉堂的線香款式中，有一款香氣叫「堺町101」，名字取自於本舖所在地「下京區堺町」，味道是該店玄關恆常燃燒的香氣。

日本有很多地方都叫堺町，起源正是來自於大阪堺市。數百年前，堺市是商業大城，生意人移住到各地經商就沿用家鄉的地名。如今，京都薰玉堂名聲雖大大壓過堺市的線香舖，但身處於堺町，特別推出一款同名線香，除標示自身所在地以外，追本溯源，大抵也算是對線香的原鄉致意吧。

線香老舖為迎合時代潮流，在行銷包裝下不少巧思，變得相當時尚且充滿設計感。我買過一種被歸類在線香，但外形卻是一根火柴棒的新型態線香「hibi」。用的時候，就像劃火柴一樣，往盒身輕輕劃過就能點燃。

在築地本願寺的商店中，我還看過一款很有趣的漢方線香，有幾種氣味，分別標榜是減緩身體各部位的不舒適。例如能舒緩手腳冰冷、鼻塞、感冒、便秘或肌肉痠痛等。這些香的成分號稱用上中藥材，令我覺得神秘。後來才知道，日本的線香老舖在百年前創業時，拿的執照都是「藥種商」呢。線香在早年除了宗教用途以外，原來還真有民間療法的色彩。

另外，我在銀座鳩居堂買過一款線香是「咖啡」，那味道極具空間感。因為剛點燃的剎那，氣味竟像是複製了喫茶店裡咖啡混雜香菸的氣味，滿滿的昭和懷舊感。但，沒人點線香想聞到香菸味吧？所幸幾秒後瞬間轉成淡淡的咖啡香。在線香燃盡後，空氣的餘味還帶著一絲甘甜。

最常買的薰玉堂，多年前與中川政七商店合作，重整旗下線香的商品線，應該是目前最有規模的香氛線香。最大特徵是用京都的知名據點作為香氣的種類。除了「堺町101」之外，還有以清水寺音羽山湧水為意象的

「音羽之瀧」或「宇治抹茶」、「祇園舞妓」、「北野紅梅」等多種香氣。出不了國的期間，這系列的線香用氣味帶你身歷其境，充滿療癒。

一根十三點五公分的線香，燒完差不多二十分鐘左右，也有賣七公分的短線香，跟hibi火柴棒線香一樣，燒完差不多十分鐘。

雖然用「無印良品」的精油噴霧器時也會倒數計時，但我更喜歡點線香時，看見香漸漸燃燒殆盡，那種時間具體消失的過程。在家裡，一個人的時候，時間的速度往往變得曖昧。燃燒一根線香，你覺得你的生命又失去了二十分鐘，抑或是覺得又向前邁進了二十分鐘呢？

線香就是一種心境。

用起線香時，雖說是為了清新空間，並非拿來祭拜，但不知怎麼，我偶爾仍會想到我爸。在他晚年時有一天突然說改信基督教，就再也不拿香祭拜他自己的祖先了，迄今仍是我家茶餘飯後的經典趣談。回台灣時，我會跟著家人一起上五指山拜他，我們卻還是持香。

每次還要等線香燒到一半以上時，才能擲筊問他吃飽了沒？可以收了沒？早說不用香的他，現在卻還得看香行事，我真納悶他不曉得做何感想呢。

像張愛玲點上一爐沉香屑道個故事一樣，當我點燃一根線香，在氣味的想像中，我從我家的客廳被帶往其他的空間，那裡也總有無盡的故事。裊裊香煙飄移，心跟著遠遊。風來煙散，時間走了，有時人在原地，有時人已在別境。

08 失去地位的神器

人人都有手機以後，誰需要室內電話呢？而曾經被視為家庭神器之一的電視，居然現在也逐漸消失了……

不知道究竟是一天到晚水星逆行，所以席捲起了懷舊風潮呢，還是現在的編劇們都跟我同個世代，走到了一不小心就會掉進回憶泥沼的年紀？

因此這幾年從韓劇到日劇，很多故事題材都回到了我的青春時期，觸及很多九〇年代前後的流行文化和生活用品。例如最近剛看完以宇多田光歌曲為靈感的話題日劇《First Love／初戀》，許多充滿時間感的元素一次到位，令我輩的懷舊情緒大爆發。

看完日劇，我環顧家裡，忽然在想從小到大曾經視為必備品，甚至視為家庭「神器」的物品，如今有哪些早就已經消失，或者正在失去地位的呢？

最先想到的是傳統室內電話。

《初戀》裡有一段，年輕時的男女主角晴道與也英在通電話時，也英的媽媽忽然拿起分機，結果聽到彼此聲音，那場面肯定是很多人共有的經驗。在沒有手機的年代，只有室內電話，誰擁有「話語權」或是能講多久，經常是一件容易起爭執的事。

全家人共用一支電話號碼，即使房間裡有自己的電話，也只是分機而已。要不是話講到一半，就有不知情的家人拿起話筒，不然就是自己不小心闖入別人的通話，只能連忙道歉，真的是很不方便。當然，更別說後來進入撥接上網的原始時代，數據機唧唧叫，一接通以後就開始占線，電話打不進來，常惹毛家裡其他成員。

室內電話從有線進展到無線時，感覺時代進步了，一時之間，無線電話機升等成有如家庭神器的地位。有幾年覺得，如果家裡還是用有線電話，就是落伍。然而，潮流的方向是無可預知的，誰知道會有一天，無論有線或無線，一切都不重要了呢？

室內電話存在，突然變得可有可無。自從我在日本生活以來，從未有過室內電話。人人都有手機以後，誰需要室內電話呢？除了工作和填寫資料所需以外，日常生活有時候就連電話號碼都不需要了。自從打電話變成可用APP打免費的以後，傳統電話在家裡已徹底失去地位。

另外一件客廳裡逐漸消失的東西是電視。曾經在我們上一代被視為家庭神器之一的電視，居然現在也被冷落了。在我認識的日本朋友當中，有好幾個人家裡都沒有電視。一開始我覺得這樣好像家裡少了什麼不是嗎？但他們都告訴我：「為什麼需要電視機呢？我有手機啊，有iPad啊，想看什麼都能看。」

確實。雖然我家客廳還有一台大電視，但如今打開它時，幾乎都是直接開啟Apple TV連上Netflix等串流平台，不然就是YouTube。以前想看的節目只有在傳統頻道才會播出，錯過了就沒有，還得預先設定錄影，但是現在不錄也沒關係，網路上都能看到了。

最近日本推出「TVer」平台，一週內播過的所有節目都能免費重看，變得更方便。

而以上所說的所有東西，只要有手機或平板或電腦就能看（我沒說到電腦，因為家裡沒電腦的日本人也愈來愈多了，總之手機就是一切），於是為什麼還需要電視機呢？電視真的失去了它在客廳的龍頭地位。

不過，串流影音平台的特質，就是一切是用訂閱租賃的。除非另外付費購賣下載檔案，否則平台上的影音都可能因合約到期而下架。所以對於我非常鍾愛的歌曲和電影，即使我已經有訂閱串流了，還是會另外付費購買保存。要是認為更有紀念價值的話，也依然會很「老派」地去買藍光片、CD或黑膠唱片收藏。

突然想到幾個朋友跟我一樣愛上用投影機看電影，他們寧願買一台投影機從手機播影片，也不再考慮購買電視。

有時我在想黑膠唱機跟卡式錄音機應該會手牽手在背後偷笑吧？想當年，它們遭到淘汰，從客廳被驅逐出境，只能含淚遠望稱霸客廳且穩如泰山的電視機，但如今黑膠唱機跟卡式錄音機敗部復活，出現在文青家客廳的比率，可能還高過電視呢！

09 藥箱裡少的一罐藥

如今我在東京的家裡，偶爾會回想到小時候吃過的那些成藥，一位我們喚她為安媽媽的鄰居，我媽的摯友，從工作的藥廠帶來的……

實在是個難以告人的怪癖。

曾經有一陣子，每當我到別人家，看見客廳裡放著有好幾個抽屜的櫃子時，就會忍不住想其中一個是不是有放醫藥箱？如果有的話，更好奇醫藥箱是什麼樣子的？而箱子裡又準備了哪些藥品呢？

很多年前因為一場聚餐，應朋友邀約，在「新年會」時去了一個不太熟的日本友人H家吃火鍋。我跟H見面的次數沒超過三次，關係僅止於擁有共通的朋友。

老實說我對H的印象一直沒太好，總覺得他這個人挺輕浮，個性似乎也粗心。那次火鍋趴，我的朋友因為幫忙H準備食材，切菜時不慎割傷手。H一邊開著不著邊際的玩笑，一邊說要來替他搽藥止血。話雖如此，他卻慢吞吞的，一副沒什麼大不了的樣子。

我看到怕血的朋友，見自己手指頭的血汨汨流出，臉都蒼白了。我在內心吶喊，拜託，你能不能快一點啊？然後預想接下來的畫面應該是他翻箱倒櫃以後，最後兩手一攤，苦笑說：「不好意思，家裡沒藥！」

結果，萬萬沒想到H從抽屜裡拿出了一個超級神奇的醫藥箱。醫藥箱的外觀有點醜，看起來不大，我心想絕對放不了什麼東西，可是當H一開啟它的剎那，我簡直以為眼前現身了變形金剛。醫藥箱從上下左右推開許多的夾層和區塊，收納著各式各樣的救急藥品。

眾人驚歎那個了不起的醫藥箱，同時好奇為什麼家裡需要放這麼多的藥？H回答：「我腸胃不好會用到，但最主要是為了朋友。朋友常來我家聚餐，以備不時之需。現在就用到了！我的朋友都很容易受傷，尤其談戀愛的時候。」他的口吻依舊有點不太正經，可是這一次我卻發現他說的話其實包裹著真心。

遭割傷的朋友，傷口被H和他的醫藥箱照顧得無微不至。我在一旁看著那個醫藥箱和H，忽然很慚愧。變形前的醫藥箱被我給看扁了，而我也錯看了H。

抽屜或醫藥箱沒有打開以前，絕對不可以輕視，我從這件事得到教訓。

仔細想想，小時候我簡直是白看了《哆啦A夢》吧。大雄的那張書桌看起來那麼普通，但拉開抽屜，不就藏著時光機嗎？總而言之，從許多年前這場「醫藥箱事件」以後，有一陣子我就變得很好奇別人家裡的櫃子，抽屜裡準備著怎樣的醫藥箱。

醫藥箱在日文中稱作「救急箱」，要是在日本亞馬遜搜尋這三個字的話，就會出現令人精神抖擻的振奮結果。醫藥箱的種類琳琅滿目，不僅是外形，內部空間更是完全實踐收納術的專業精神。一個小小的醫藥箱打開來居然能收進這麼多東西，要是跟我說藏了一台時光機我也願意相信。

其實我家沒有特別準備一個醫藥箱，因為客廳的櫃子中有一層抽屜，直接就用來放常備藥品。客廳裡放有一個MUJI「無印良品」的四層木頭櫃，第四層放螺絲起子、刀剪這類型家事工具；第三層放雜物、家電保證書和環保袋；第二層原本是放什麼我都忘了，兩年來已被一堆庫存的不織布口罩占據；而第一層就是放藥的抽屜。

都放了哪些藥呢？我常年鼻過敏，所以抽屜裡永不缺乏的是鼻炎膠囊和噴鼻舒緩劑。其他一般想得到的藥，例如感冒藥退燒藥、蚊蟲藥、OK繃、腸胃藥、刀傷藥等等，當然也都必備。抽屜裡偶爾會出現一些朋友從國外買回來的藥，畢竟台灣人喜歡出國把藥和維他命當伴手禮，展現我們對珍重生命的熱情。

我有一小罐金黃色的藥水，稠度像是橄欖油，是朋友東東從柬埔寨帶回來的，據說對舒緩肌肉痠痛、扭傷、創傷（包括心的嗎？）甚至暈眩都很有效。我曾經好奇，僅滴了一小滴在手掌上塗抹看看，結果，整隻手奇涼無比一下午。因為效力超乎想像，而且被說得太神奇，再加上藥盒包裝帶著一股神祕學氣氛，我一直沒找到身心靈都恰當的時機再次啟用它。

家裡的醫藥箱如果膨脹成一整個抽屜，好像就會這樣。雖然有些東西可能根本不會去用，但想著有備無患，所以就這麼囤積著。不過，藥這種東西，當然能不用到是最好。藥沒用到並不可恥，可恥的是你以為你沒買過的藥，買回來才發現抽屜裡有一瓶還沒用。

擁有醫藥箱最重要的事情就是分類。千萬不要把所有的藥都混在一起放。特別是想把外盒給丟了的時候，你得標記好藥品的名稱和效用。要知道，吃錯藥比愛錯人還慘。

如果習慣會準備藥箱的家庭，應該都會有幾樣值得稱得上足以傳家的愛用藥吧？

比方在我的藥箱抽屜中，龍角散及被日本人暱稱為「萬能藥」的 Oronine H 軟膏永遠不會缺席。還有一罐是小護士面速力達母。在台北老家的藥箱裡永遠都會有它，遠離家園來到日本，我在東京的家就習慣藥箱裡也會放著它。面速力達母是我媽的愛用藥。雖然現在改稱曼秀雷敦，但我們念舊，一直仍習慣從小叫到大的老名字。

小時候，我們家小孩從蚊蟲叮咬、肚子不舒服，甚至到鼻塞，她都會祭出面速力達母。其實我後來懷疑這藥膏的功效，認為只是搽安心的，不過旅居到日本以後，某一天閒來無事上網搜尋，才發現從日本到台灣，關於面速力達母用法的都市傳說還真不少。

在我的MUJI木櫃裡空出一整個抽屜來放藥，我想也是家裡的影響。從小到大，台北老家的客廳櫃子裡，總是有一層放著各種常備藥。

比較特別的是，小時候我們家吃的成藥，很多不是買來的。是眷村裡一位我們喚她為安媽媽的鄰居，我媽的摯友，以前她在中和的某個藥廠工作時帶來的。

那些年，我們全家人的鼻子過敏或輕微的發燒感冒，若是不需要看醫生的程度，自己吃藥時，從未需要去市面上買藥。

安媽媽個性開朗，說話又幽默，彷彿我們的生活裡只要有她的存在，不只身體有什麼小毛病不必擔心，就連心情也會因為她而永保愉悅。

安媽媽在幾年前離世了。我媽痛失結識半世紀能夠談心的好友，頓時傾斜了一部分的人生。那是我們即使努力幫忙撐著，恐怕也無法還原的角度。

如今我在東京的家裡，拉開MUJI木櫃的藥箱抽屜時，偶爾還會回想到小時候吃過的那些成藥。安媽媽走得太早太突然，她還沒有給我媽得以療癒悲歡離合的特效藥。那或許是我們藥箱抽屜裡永遠少的一罐藥。

2

chapter

廚房・餐廳空間——
回味無窮的記憶，美味的關係！

前陣子從台灣返鄉回日本後，為償還身上的肉債，很積極地運動及控制飲食，三個星期瘦下四公斤，恢復了原先的體重。這段時間吃的晚餐，七成都是蔬菜鍋，搭配少量的肉，但主要就是堆滿各類型的青菜加豆腐。

不過所謂水能載舟亦能覆舟，火鍋亦然。無論你放進多少對身體有益的蔬菜，但只要湯頭過度營養，熱量醣脂質過高，一切前功盡棄。大抵台灣的火鍋高湯都屬於營養過剩的那種，海鮮鍋和麻辣鍋尤其是，所以常被告誡湯不要喝。偏偏那些湯真是要命的好喝，再次印證這世上所有令人上癮的，都要小心最後會傷了自己。

十幾年前剛來日本時，日本鍋類湯頭的種類很少，常見的是以薄醬油或清雞湯為基礎，而更多的是清淡爽口的柴魚湯頭。無論哪一種，傳統的日本火鍋湯頭多是清澈見底的。現在超市會賣琳琅滿目的湯頭，豆乳鍋番茄鍋咖哩鍋泡菜鍋麻辣鍋等等，其實都是這幾年的事，從前是完全沒有的，是受到外來文化包括台灣飲食文化的影響。

日本人稱湯頭為「だし」寫成漢字是「出汁」，顧名思義是把食材熬煮出濃縮的湯汁。最普遍的出汁還是用昆布或乾柴魚片熬煮出來的，「涮涮鍋」大致都是這種清湯。湯是用來燙肉片與配菜，不太會拿來喝，因為口感雖鮮美卻無味。

台灣所謂的日式涮涮鍋湯頭，已在地化到南轅北轍。數十年前來日本旅行，第一次吃涮涮鍋，不知道原來人家的真面目是如此清純，受到很大的文化衝擊。

如果要自己熬高湯，我習慣去築地市場的「吹田商店」買乾昆布片來煮，那裡主要有北海道沿岸各地出產的昆布，不知道買哪一種的話，選利尻昆布和日高昆布就對了。不過，現在市面上有很多高湯包都做得很好，省去熬煮的時間，味道也更富層次。

家中常備的高湯，是來自福岡的「茅乃舍」基本款同名湯頭，用昆布、柴魚片、烤魚下巴、沙丁脂眼鯡和海鹽一起熬製而成的高湯包，丟一包進去加四百毫升左右的水去煮就很鮮美。他們還有賣添加生薑、陳皮和辣椒的和漢高湯，更適合身子虛冷的冬季吃。我也買過他們家出的柚子鍋，很甘醇，但後來發現其實只要在超市買料理用的無糖柚子醬，加到基本款高湯裡就行。

說到文化衝擊，想起日本友人也曾對我們這群台灣人吃鍋的某些行為感到震撼。在台灣吃小火鍋時，店家給出的食材當中，幾乎都有一種用塑膠紙捲起來的蟹棒吧？那玩意兒在日本也有，但他們不會放進火鍋裡煮，而是拿來涼拌馬鈴薯沙拉的。

有一次幾個台灣人邀請日本友人來家裡吃鍋，日本人見餐桌上出現蟹棒時，問，吃鍋還要做沙拉？結果見我們將蟹棒放到火鍋裡煮，非常詫異。

然而，他的不以為然，就在他吃過之後態度大反轉。

真是的，吃這種事，還需要跟台灣人爭辯嗎？

好像很多異鄉遊子家裡都會有一罐沙茶醬，那是對台灣的鄉愁，但我家從來沒有，畢竟我的鄉愁居無定所。其實吃火鍋，我不愛沾沙茶醬，覺得味道搶戲，且熱量非常驚人。用清淡的高湯燙肉，就適合沾柚子醬油醋（ポン酢）吃，既清爽又能吃出食材的原味。

煮火鍋不需要任何烹飪技術，是懶人的救世主。世界上找不到比火鍋更簡單能達到美味標準的料理，而且重點是總能很豐盛。天氣冷，或不知道該吃些什麼，又或是一整天蔬菜量攝取太少時，吃火鍋就對了。放一大堆蔬菜進鍋裡，看今天的心情想吃哪種肉，只要食材新鮮品質好，湯頭選對了，火鍋從來不會背叛你。

本來以為這一年還會一如既往，跟小裕用他的陶鍋一起跨年的，沒料到年中時他考量工作狀況而搬回台灣了。

「二進二出」的小裕說，像我們這樣「坐四望五」年紀的人，如果在這時候決定離開日本，應該就不太可能再搬回來生活了。雖然他習慣了也喜歡東京，但台北有一份更適合他，也能夠讓他更有發揮的工作等著他，長遠來看無論是職場或身心健康狀態，回去台灣還是比較好的。

誰在異鄉待得久，誰就得扮演起送別的角色。就這樣，我送小裕回台灣了。

小裕離開前又留了一個無印良品的陶鍋給我，這次是一人份的。

02

誰是杯子控？

我身邊有許多朋友都是「杯子控」，一天到晚都在買杯子，但常用的也就只有一、兩個。「你會這麼想，就代表你從來沒有不顧一切地愛過。」曾經有個杯子控朋友這麼對我說。

家裡的廚房和客飯廳之間隔了一個系統櫃，高度及腰，上面擺放著我的電鍋、壓力調理鍋、熱水瓶。拉兩張高腳椅，把矮櫃當作吧台也沒問題。

上一任房客是一對夫妻，記得當時來看房時，就注意到他們沒買餐桌，直接將矮櫃當成吧檯式的餐桌使用，毫無違和感。我對現在居住的這間房子觀感加分，這個矮櫃占了很大原因。我喜歡它，一方面是以半開放式的結構，區隔開了廚房與客廳；另一方面則是除了能擺放家電之外，打開櫃門的收納空間也意外地寬敞。

在這個系統櫃裡，收藏著我各式各樣的杯子和碗盤。剛搬過來時，記得杯子還只放幾個，幾年過去了，一整層都擺滿杯子，現在要是又有新的杯子出現時，恐怕都很難喬出位置。

我身邊有許多朋友都是「杯子控」，對杯子毫無抵抗力，只要走進一間專賣杯子的店，整個人就會被吸住，一天到晚都在買杯子，但其實一堆杯子放在家裡，真正常用的也就只有那一、兩個。

「你會這麼想，就代表你從來沒有不顧一切地愛過。」

曾經有個杯子控朋友這麼對我說。他語調溫和，我卻聽得如雷灌耳。

「杯子控買杯子，想的不是用途，而是杯子本身就是可愛，就是漂亮，就是喜歡，就是想擁有。買東西只想著它的用途嗎？只想著它的利用價值嗎？那未免太勢利了吧！你真正愛一個東西，就像愛一個人。想擁有一個喜歡的人，會想對方有什麼用途嗎？我遇到喜歡的杯子，就是不顧一切地愛，買回家也只是剛好……」

買東西只想著利用方式的話，就不是真愛了。原來如此。呃……不是吧，杯子是一件物品，情人是一個人耶！難道買東西不是要想清楚用途才買的嗎？我的價值觀被杯子控朋友給崩毀，明明知道這邏輯有問題，卻百口莫辯，只能默默回答一句：「學習了。」

其實有一陣子我也很愛買杯子，只是沒像我朋友那麼誇張，所以仔細想想還是能夠理解杯子控的心聲的。學生時代開始去遊學，到世界各地自助旅行，每次在國外買紀念品時，因為貴的東西買不起，最後就是買件印有地名的（廉價）T恤，或是挑個印有地標、名勝風景或相關意義的馬克杯回家。

二十幾年前，這種杯子在家裡真是多到不得了。幾年後回頭看那些馬克杯都很醜，大老遠帶回來，最後卻在大掃除時全丟了。

星巴克剛在台灣開幕時，那一陣子非常熱中於買城市隨行杯。到不同國家的城市，蒐集當地的隨行杯，放在家裡的玻璃櫥一字排開，旅行的回憶彷彿也在眼前星羅棋布。後來開始來日本旅行，到京都或小樽，那更是另一個無底的坑。各式各樣的清水燒、陶杯或五彩手工玻璃杯，每一個都美到難以抗拒。這些在日本觀光勝地買過的杯子也不少，但當時已進入了另一個階段，買杯子不是買給自己，而是送人。因此有一段時間，身邊的好朋友，可能都收過我在旅途中買的杯子。

當時自以為送人杯子是很實用的，後來卻領悟，杯子太多真是一種收納的負擔。大抵每個人的家裡都會有自己的愛用杯，也會為了朋友到訪多準備杯子，但朋友畢竟不是每天到訪，杯子太多用不到，真的就是占空間。我去過有些朋友家，家裡除了自己的杯子之外，一群朋友到訪時一律買免洗杯。人走丟杯，雖然很不環保，卻維持了收納的極簡。

好朋友互送杯子，其實是很大的友情挑戰。如果你非常喜歡它，那當然很棒；沒什麼感覺，那放在收納櫃裡也還行；但要是根本不喜歡，用都不想用，但因為是好朋友送的，恐怕丟也不好意思丟。不熟的朋友沒機會來你家，但很熟的好朋友可能會常來，如果發現他送的杯子從來沒出現在你家，我總覺得有點傷感情。

所以後來我也減少送杯子給好友了，因為不想造成人家的困擾，擔心對方會有跟我一樣的顧慮，還是送些不占空間的日常消耗品最貼心。

喔，說到這裡，送過杯子給我的好朋友們請別緊張，你們都是很了解我的人，所以曾經送給我的杯子都是我喜歡的。我喜歡在送杯的朋友來我家時，用他們送的杯子裝茶水給對方喝，每當朋友拿到自己多年前送的杯子時，他們臉上閃過的神情，那種彷彿被好好珍惜了，愛屋及烏的微笑，我總以為是很美的容顏。

在我收藏的杯子中，有一組最特別。嚴格說起來，它們本來不是杯子，而是用來裝清酒的小玻璃瓶。一組是奈良美智二〇〇六年在弘前市舉辦的個展「A to Z : YOSHITOMO NARA + graf」，當年推出的周邊商品之一，一套共三瓶的清酒。厚玻璃的材質比一般裝清酒的瓶子還扎實，酒喝完以後就拿來當作杯子。瓶子上的插圖實在太可愛了，可愛到想當作傳家之寶，每次用的時候，我都暗自祈禱永遠不會打破它。

所有的杯子都是在家使用的，唯有一個杯子的命比較好，常能跟著我出國。這幾年出國習慣自己帶杯子，snow peak 的 TITANIUM 300 鈦金屬杯材質輕，把手可摺疊收納，是我的愛用品。拿來喝水、泡茶、煮咖啡或漱口杯都行，甚至我還會拿來泡迷你分量的泡麵。

雖然家裡杯子多，每天日常固定用的卻只有一、兩個。一個是「膳魔師」（THERMOS）的保溫保冷杯；另一個是Dean & Deluca的厚口馬克杯。我超喜歡厚口馬克杯，用帶著寬度的杯口喝東西時，嘴唇的觸感特別好。純粹個人偏見，我總覺得冬天泡起一杯熱拿鐵的時候，一定要用厚口馬克杯來喝才對味。因為太喜歡了，光是Dean & Deluca這款馬克杯我就有三個。一個是大的，特地從紐約總店帶回來的，另兩個是小的，一白一黑，購自東京店……

打開我的系統矮櫃，真要細數那些杯子的話，恐怕得好幾千字篇幅了，還是就此打住吧。

我的杯子控朋友聽了我以上的敘述，淡淡地說了一句：「你最好不是杯子控！」

原來我也是嗎？我只知道，會被留在家裡櫥櫃的杯子，都是帶點往事的。一杯又一杯，飲下的是回憶。只是，那些我們鍾愛的杯子，即使小心翼翼使用，也常會在某一天忽然發現杯身出現裂縫，或是在預料外的剎那打破。

總之，一切都是難以預料的，一切都有如杯子是個易碎品。在毀壞之前，擁有之際，能愛就好好去愛。

03 咖啡時光

剛來日本時，對於隻身在異鄉有諸多想像，總覺得「新生活」的儀式之一，就是早上起床時煮咖啡。日劇不都這樣演的嗎？總之早晨的咖啡，就在內心小劇場中開始喝起來了。

有一陣子我喜歡問身邊的朋友，記得這輩子喝的第一杯咖啡嗎？不是現成的罐裝咖啡，也不是三合一的即溶咖啡，而是用咖啡粉沖出來的真咖啡。

結果很多人都被這個問題給考倒了。年輕一點的朋友幾乎沒人記得，大概從小咖啡的存在已太自然而然，反而是長輩們記得的機率大一些，因為經驗特殊。其中很多人是離鄉背井來到東京念大學時，才有機會跟同儕附庸風雅地踏進咖啡館。那年代平價的連鎖咖啡店很少，前輩們生平喝下的第一杯咖啡，多半是在過去很時髦，但如今被視為懷舊的「喫茶店」裡。

我問前輩，還記得喝下第一杯咖啡的感覺嗎？其中一個人回答我：「真苦。雖然一起去的同學誰也沒叫苦，但觀察彼此的表情，我知道大家一定都覺得『真正的咖啡』怎麼那麼苦、那麼難喝？只是大家都沉默，彷彿誰先說了誰就輸了。」

那時候，鄉下的年輕人剛來東京，急著改掉方言講起標準語，到喫茶店假裝懂得享受喝咖啡，就是洗刷掉身上土味，通往東京人的捷徑。

其實我也不記得我的第一杯「真正的咖啡」是在哪兒喝的？但我記得養成每天下午喝杯咖啡的習慣，是在台灣開始工作的時候。

有幾年，我在張曼娟老師的工作室「紫石作坊」上班，印象中辦公室裡有一台咖啡壺，我們會在下午煮咖啡喝，在附近找美味的甜點搭配，那便是我下午茶的起點。

那時候喝咖啡是在下午，而早上喝的則是街角早餐店的豆漿或奶茶。如今每天早上起床後一定要先喝杯黑咖啡，才覺得能夠開展一整天的行程。

認真想起來，開始一早起床喝咖啡的習慣，應該是搬到東京一個人生活以後的事。

在台灣我從未一個人離家生活過，即使高中不住在家裡，也是住在學校住宿，跟只有一個人生活的空間還是很不同的。剛來日本時，對於隻身在異鄉有諸多想像，總覺得「新生活」的儀式之一，就是早上起床時煮咖啡。日劇不都這樣演的嗎？總之早晨的咖啡，就在內心小劇場中開始喝起來了。

十幾年過去，我從手沖咖啡器具到各種咖啡機的款式，擁有過的種類還挺多，但丟掉的也不少，因為難用或很快就壞的緣故。

有個設計家電品牌很受文青歡迎，外形設計總是很美，價錢也還算平價，但東西經常是中看不中用。我買過一台他們家的咖啡機，附贈兩個可愛的馬克杯，特色是標榜可以同時滴漏出兩杯咖啡來，很方便。結果，咖啡機左右兩個出水口，滴出來的咖啡永遠不平均，要不是一杯太滿溢出來，要不就是另一杯只有三分之一。

到底是誰發明這種笨東西還讓它上市的呢？但到底又為何有個笨蛋，明明只有一個人住，卻要買一台能同時滴漏出兩杯咖啡的咖啡機？算了，深究下去就傷感情。總之我還沒等到一個值得的人同居，在早晨一次煮兩杯咖啡，就已經先把那台咖啡機給丟了。

製作濃縮咖啡的膠囊咖啡機剛開始流行時，我也入手了一台，主要是拿來做冷熱拿鐵用。每當東京下起雪時，我看著窗外飛舞的靄靄白雪，想到的不是「雞啤」，卻是一杯熱拿鐵；又或者愈來愈炎熱的東京夏日，令已經少喝冷飲的我，仍偶爾會想喝杯冰拿鐵。然而絕大多數的時候，我還是更愛喝不加奶的黑咖啡，所以每天都會用的，依然是放在濃縮咖啡機旁的另一台濾紙咖啡機。用濾紙滴出來的黑咖啡，香醇濃郁，跟用熱水去稀釋膠囊咖啡煮出來的濃縮咖啡，也就是所謂的美式咖啡，口感還是差很多。

全自動咖啡機我也買過。就是那種不必另外準備磨豆機，從研磨咖啡豆到滴漏咖啡，都在同一台機器上完成的咖啡機。價格不便宜，沒想到才用了兩年就壞。複合式多功能機型的好處是方便，但壞處就是一旦其中一個功能壞了，你就會失去所有。咖啡機變成大型廢物，我又丟了，最後還是返璞歸真，分別買了一台濾紙咖啡機和一台磨豆機。

繞了一大圈，我用回最基本款的平價咖啡機。現在用的是「象印」推出的「STAN.」黑色系列小家電的雙重加熱咖啡機，環形滴漏順序模仿手沖咖啡的方式，滴出來的咖啡口感很令我滿意。

銀座三越百貨周圍有一條小巷，某棟建築的樓上有一間喫茶店。二十多年前我跟朋友來日本旅行時，人生地不熟，想找間咖啡館休息卻始終尋覓不著，走了很久好累，在那棟建築的樓下看見了喫茶店的看板，決定就去那間店。搭電梯上樓，門一開，我們看見放在入口的菜單，一杯咖啡要日幣八百圓。那年代日幣很貴，台北和東京的物價相差大，對於還是學生的我們來說，那杯咖啡根本是天價，於是打了退堂鼓。後來去哪裡呢？完全沒有印象。

經過二十多年，那間喫茶店一直還在，我沒料到有一天我住的地方就在附近，常常會從樓下經過，看見招牌就想起這段往事。咖啡漲價到千圓起跳，相較於一般咖啡館來說還是不便宜的，但要喝當然也是喝得起，只是在那之後我卻再也沒上樓過。

以前沒踏進店裡是因為嫌貴，現在沒踏進店裡是我選擇不去。我想我已經建立起了我的咖啡喜好，如同我已找到一個更適合自己的地方。

我曾經在週末放假時帶著筆電到銀座，想找間咖啡館進去寫稿，但最後卻發現每間店都人滿為患。一路尋找有空位的店，走到最後都快走回家，乾脆就打道回府。與其這麼辛苦，不如花點錢買好一點的豆子，在家磨一杯得以拯救靈魂的咖啡，在家寫稿就很好。

一個人在家煮咖啡，專注地看著咖啡滴漏的過程，有幾次我曾錯覺，彷彿下一秒，轉身就會看見曼娟老師、學長和學姊。他們等著我的咖啡，同時正在分盤剛買來的美味甜點。

在飄散的咖啡香氣中，四十多歲的我，距離二十多歲的自己，終於沒那麼遙遠。

04 咖啡豆採購筆記

我和台灣的好友每隔一段期間，會順便交換兩座島嶼的咖啡豆。在東京的家裡，喝著西門町「蜂大」咖啡店或木柵景美溪畔「小廢墟咖啡」的咖啡；搭配銀座三越的日式和菓子，我喜歡嘗試一種料想不到的地域性配對。

我家的餐桌旁有個層架，其中一區專放咖啡豆。

家裡至少常備兩種不同的咖啡豆是我的堅持，因為想要早上喝一種，下午再喝另一種。疫情前，還會多一罐低咖啡因豆，那時台灣家人和好友常來，有些人只能喝低咖啡因咖啡，那是專門為他們準備的。

早年我都是在超市買磨好的咖啡粉，現在則是固定去幾間咖啡店買豆子，要沖以前才現磨。愛喝咖啡的人，肯定都會好奇對方喝的咖啡豆是哪來的？

東京實在有太多咖啡店了，選擇很多，然而，要成為日常固定回購的咖啡豆，則需要在CP值上好好仔細思考才行。因為如果每天都要喝兩杯的話，咖啡豆就是日用品，消耗量非常可觀。時尚咖啡店裡賣的昂貴咖啡豆，偶爾嘗鮮買一、兩次還行，三百六十五天都喝，太傷荷包。因此生活智慧王就是必須在住家或職場附近，找到幾間好喝又不貴的咖啡豆店家才行。

我現在固定喝的咖啡豆則來自於兩家店，一家是從谷中發跡的「YANAKA COFFEE」，另一家是月島發跡的「LIVE COFFEE」。離我家最近而常去的分店，前者是東銀座店，後者則是築地店。

這兩間店的豆子都是自家烘焙，比較特別的是YANAKA賣的是生豆，決定好要買哪種豆子以後才開始現場烘豆，所以最快也要等二十幾分鐘才能拿到豆子。

我不愛喝太酸的咖啡，所以會挑口感偏一點苦，或說濃厚一點的豆子。

基本上來說淺焙的豆子喝起來比較清淡但偏酸，中焙到重焙的就濃一點，苦味也多一些。這兩家的咖啡豆種類非常多，每一種的口感都標示得很清楚，依照自己的喜好挑選，光是同一間店試換不同口味的豆子就能喝很久。價格上雖然也有賣很貴的豆，但大致上來說都走經濟實惠路線，品質也很穩定。

偶爾家裡的咖啡架上會出現第三家東京的咖啡豆，也是來自於住家附近的築地，一間在場外市場小有名氣的「米本咖啡」。一九六〇年代開業的米本咖啡，是許多進出築地市場的人們共通的記憶。咖啡豆外帶回家可以慢慢品味，但有機會也別忘記進店內飲用，感受嘈雜卻充滿生命力的在地風情。

有時我也會在「KALDI」買咖啡豆，在日本的價格算合理。他們常會有季節性的限定咖啡豆，我喜歡挑這種來試試。台灣也買得到了，只是不知道豆子經過運送的時間和置放後，磨出來的味道是否不變？有咖啡專家說，咖啡豆是會呼吸的、有生命的，意思是咖啡豆跟其他的食物一樣，都有賞味期限，放久了再磨就不好喝。

星巴克的咖啡豆我也會喝，不過都是用喝咖啡集點免費換來的。在目黑川旁的那間星巴克臻選東京烘焙工房，有推出該店烘焙的咖啡豆，好像只有限定在日本販售？如果兌換咖啡豆時，我會挑這款豆子，喝起來也是我愛的濃厚口味。

最後要說的是無印良品的咖啡豆。在日本的MUJI有販售四款未磨成粉的咖啡豆，其中有一款叫「DARK」是我偶爾會買的。

比起最初提到的那三間咖啡豆專賣店，可能有人會質疑無印良品的咖啡豆好喝嗎？說真的我覺得並不差。喝起來……就會有一種你正在MUJI CAFE用餐的氣氛。前提是你跟我一樣愛吃無印餐廳，就會喜歡。

我和台灣的好友每隔一段期間互寄包裹時，常會順便交換兩座島嶼的咖啡豆。在東京的家裡，喝著西門町「蜂大」咖啡店或木柵景美溪畔「小廢墟咖啡」的咖啡，搭配從銀座三越買回家的日式和菓子，我喜歡嘗試一種料想不到的地域性配對。

我的咖啡櫃上經常流動著旅行的風景。旅行時，從當地的咖啡館買咖啡豆回家，是這幾年喜歡做的事。年輕時愛買當地紀念品，但事過境遷後發現很多東西最後都變成占空間的廢物。咖啡豆非常好，喝完就沒了，避免陷入囤積物品的窘境，還能延續旅行的回憶。咖啡豆一磨就能嗅聞到香氣，一秒回到旅途中的空間。豆子總有喝完的一天，雖然心裡會感到些許悵然，但那是必須的情緒。旅行就是要留下一些這樣的想念，才有再出發的一天。

雖然我喜歡買咖啡豆，愛在家裡磨豆煮咖啡，但老實說，我稱不上對咖啡豆有什麼很專業的瞭解。不少廣受讚揚的高級品種咖啡豆，例如藝伎咖啡豆之類的，我喝了以後，還是喜歡日常在住家附近買的豆子，價錢還少了一大半。

這讓我想到吉本芭娜娜在散文裡寫過，她曾經很愛去一間店，每次飯後老闆會端上一杯咖啡，總讓她覺得回味無窮。到底用了什麼好豆子呢？有一次她終於忍不住問了，結果答案只是超市裡賣的平價咖啡粉。

咖啡豆是這樣的，生活中許多的價值觀亦然。旁人眼裡的好壞到最後其實都是不重要的，最終還是要坦然地問自己，喜歡或是不喜歡。

05

不簡單的米飯

有一陣子，我喜歡在傍晚回家時，一推開大門，就聞到濃郁的米飯香撲鼻而來。早上在出門前預約好電鍋的煮飯時間，回家以前，飯就煮好了，靜靜地保溫著等候我，像個體貼的好人。

闊別許久回台灣，對於故鄉的許多事，感官都變得敏銳起來。疫情爆發前，一年回台兩、三次，從沒有特別感覺，但這一次時間間隔拉長了，對照值被放大，感受變得很明顯。

其中一個對象是米飯。我忽然覺得，台灣餐廳提供的米飯，還真不好吃。當然不是所有的餐廳都難吃，但是把飯煮得又乾又硬的餐廳，比例實在不小。

在日本很少碰到把飯給煮失敗的餐廳。每當定食端上桌時，我的習慣是先喝一口味噌湯，接著就會馬上嘗一口飯。日本餐廳裡的飯有一種魔力。它放在你面前，熱氣蒸騰，透出濕潤的光澤，粒粒飽滿，彷彿會發出一股召喚對你說：「快先選我！」

美味的白飯是和食的基本盤，光是單吃飯而已，入口咀嚼便有一種療癒感。可是在台灣，我的經驗是無論餐廳的菜餚多麼誘人，米飯都在討論重點之外。你很少會稱讚某間店的白飯真好吃。台灣餐廳裡的飯要覺得好吃，通常是得配菜一起吃。白飯需要那些湯湯水水的菜，伴著佳餚入口時，才會贏來一句：「好下飯！」但別忘了「好下飯」稱讚的其實是菜。

從自助餐店、夜市熱炒到餐館，米飯的存在是配角。縱使在餐廳，菜都上了，客人會嚷嚷著：「飯怎麼還不來？」目的也不是為了恭迎米飯的到來，而是因為吃菜要配飯。

日本溫泉飯店的會席料理，米飯經常是被對待成一道主菜的。我最喜歡他們會用一個小釜鍋來現煮米飯。開動時，溫泉女將點燃酒精蠟燭，開始烹煮生米，等到吃完大部分的菜餚時，經過二十多分鐘，釜鍋裡的飯也已煮熟。有時是白飯，有時是混著竹筍或魚片的雜煮飯，我愛看蒸氣從小鍋上的木蓋邊緣竄出，一陣又一陣，擋不住的飯香。

有一陣子，我喜歡在傍晚回家時，一推開大門，就聞到房間裡濃郁的米飯香撲鼻而來。早上在出門前預約好電鍋的煮飯時間，回家以前，飯就煮好了，靜靜地保溫著等候我，像個體貼的好人。

剛來日本時，在念書當學生的頭幾年，有時候午餐會自己帶便當。決定早上要帶熱呼呼的便當出門，便會預先設定好翌日清晨的煮飯時間，於是，總在這樣的清晨，我不是被粗魯的鬧鐘聲音給吵醒，而是在米飯香之中朦朧轉醒。

我喜歡而且敏感於米飯的香味。剛蒸煮好的飯，盈滿著一股新生而質樸的味道，像是初生的新生兒，飽滿希望。

做菜經驗豐富的媽媽說，飯煮得好不好吃，水質重要，但最終取決於米的好壞。餐廳裡的飯難吃，是因為用便宜的米。

說到米，因為懶惰，我買米只買「無洗米」（台灣叫免洗米），顧名思義就是不用花時間洗的米。十幾年來，我吃來吃去，最後大致上只會買四種品牌，分別是秋田產「秋田小町」；北海道產「七星」；新潟魚沼產「越光米」，或是山形產「艷姬」。台灣人對新潟米似有名牌執著，其實我覺得秋田米也毫不遜色。有人說無洗米保留比較多營養，或說比較好吃？我是無感，認為跟一般米口感一般好。唯一不同的是煮飯時，無洗米要比平常多放一點水，讓米多吸一些水分，煮起來才會軟。

可能真是米好最重要，所以我也不迷信電鍋愈貴就愈好。每次朋友來東京，到我家吃飯時，常以為我用的是多麼高級的電鍋，因為米飯好吃。其實我的電鍋是二〇〇八年搬來日本時在無印良品買的，很廉價，一個大概才一千五百多塊台幣。小小的一個，只能煮三杯米，沒啥花俏的功能，用了十幾年，搬過好幾次家，始終跟著我，現在榮登家中元老級物件之一。我曾經動念換個厲害的電鍋，但總捨不得丟它。畢竟它一直沒背叛我，煮出來的飯依舊好吃，我又怎忍心背棄它？

回台灣時我不時提醒媽媽，少吃白飯，因為她血糖高。血糖高可能是遺傳體質，當醫生的乾妹也要我開始注意。其實這兩年，米飯我早已吃得少了，因為健康意識高漲，人人都說精緻食物要少吃，要減少碳水化合物的攝取，而白米飯是頭號公敵。

白飯突然間就被黑了，背負罪名，餐桌上登場次數驟減。每當我拒絕一碗誘人的白飯時，總覺得自己殘忍，也為它抱屈。可是怎麼辦呢？人到中年，想要對自己好，偶爾就必須學著殘忍才行。

06

受傷過了才甜美

我突發奇想拿起刀，往地瓜的身上狠狠地劃出好幾條傷口。刀子隨著濕潤的地瓜繞了一圈，整隻地瓜傷痕累累。想不到，這樣烤出來的地瓜竟又軟又甜，蜜汁全都被激了出來。

在東京很少一年四季都能買到現烤地瓜，只有秋冬，某些固定的超級市場才會賣。每當我踏進超市，嗅聞到空氣中飄散著烤地瓜的香氣時，那味道總提醒了自己一年又將更迭。光陰的流逝固然殘酷，所幸這時節因為常聞到地瓜香，便成為甘美的體會。

日本超市賣的烤地瓜，就像台灣的便利商店一樣，會將烤好的地瓜放在保溫箱，只是不知道為何機器沒辦法做得跟台灣一樣小，幾乎都是一台落地的推車，所以有些店家乾脆布置成一個迷你的「屋台」攤位。

保溫箱裡台灣賣的是裸瓜，與客人坦誠相見，日本則習慣一隻隻裝好紙袋，減少親密的接觸。可是買烤地瓜總是要挑選的吧？裝在紙袋裡的地瓜無法一目了然，只能從開啟的袋口往裡看，看久了，像在三溫暖裡偷窺，竟有不道德的愧疚感。

那些烤地瓜臥躺在黑褐色的熱石頭上，實在很像正在烤箱裡做岩盤浴。

十多年前剛搬來日本時，我住在埼玉縣的戶田公園一帶，每逢冬天時，從車站走到家的路上，經常會看見一台小發財車停在路邊，賣著熱騰騰的烤地瓜。就像是台灣市場裡賣烤地瓜的形式，車上有一個甕窯，客人要買的時候，老闆才會將戴著手套的手探進甕窯中，撈起幾隻幸運兒，任君挑選。膚淺的我僅懂得從外貌取決，常常決定了某一隻長得漂亮的，但老闆卻常建議另一個長得不怎麼樣的。起初我疑心老闆是想把比較不好看的先賣掉，但有一次放下成見，決定買他推薦的，結果發現真的比過去買的都更軟更甜。下一回再去買時，已決定將幸福的抉擇託付給他。老闆露出淺淺的微笑，一邊打包地瓜，一邊意有所指地說：「一切最重要的就是內在！」

搬進都心居住以後，絕少再看到烤地瓜的車子了。前兩年在冬夜的銀座街頭，曾巧遇一台烤地瓜車停在Ginza Six商場的路邊，那畫面令我駐足良久。烤地瓜是如此的傳統，洋溢著昭和風情，而烤地瓜車的背景，卻是那麼的時尚潮流，使我感到一股新舊共存的安慰。

絕大多數的時候，冬天想吃烤地瓜，還是得走進超市裡。在超市裡做岩盤浴的地瓜，彷彿晉升上流社會，對比旁邊的一堆生地瓜，一隻最便宜只要日幣一百圓而已，烤好的的地瓜身價翻倍，硬生生漲價到兩百多圓。

烤出好吃的地瓜會不會很難呢？某一天，我決定買生地瓜回家嘗試自己烤烤看。

家裡的微波爐是兼具簡單的烘烤功能，購自於「無印良品」。面板上預設了一些烹飪菜單，其中一個就是烤地瓜，只要將隨附的托盤置入，生地瓜放進去，按下「烤地瓜」的選項，大約五十分鐘以後就能烤出香噴噴的地瓜。

附贈的食譜上寫著，烤地瓜的步驟要先用水把地瓜浸濕，保持不會滴水的濕度，然後拿叉子在地瓜的表面插幾個孔，最後再放進微波爐烘烤就行。大約過了半小時以後，烤地瓜的香氣就會從微波爐裡竄出來，整個廚房的溫度漸高，空氣中膨脹著濃郁的甜味。

可是這樣烤出來的地瓜，香是香，吃起來卻沒有外面賣的來得甘軟。地瓜肉吃起來缺乏濃稠的口感，看起來像是乾到妝崩。難道品種不對或濕潤度不足？或是孔插得不夠多？下一回再烤，試圖改善了，成果卻依然差強人意。

隔了好一陣子，決心再來挑戰時，忽然瞥見流理台旁放著的水果刀。突發奇想，決定拿起刀，往地瓜的身上狠狠地劃出好幾條傷口。刀子隨著濕潤的地瓜繞了一圈，整隻地瓜傷痕累累。

想不到，這樣烤出來的地瓜竟又軟又甜，蜜汁全都被激了出來。從此以後，我再也沒在超市裡買過烤地瓜，想吃就自己烤。

地瓜的外表雖然滿是傷痕，內在卻變得更好了。像是跌跌撞撞的人生，經歷過折磨，才能對比出安穩的幸福，升級內在的自己。

我剝開一隻地瓜，香氣四溢，瞇起眼，咬下一口豐潤軟嫩的滋味。生活的苦澀頓時都被灑糖了，因為受傷過了才甜美。

07 冰箱冰什麼？

冰箱是房間裡的另外一個世界，比房間藏著更多的祕密。瓶瓶罐罐如何擺置，準備烹飪的食材怎麼保鮮，還有吃不完的東西該怎樣存放，其實比整理房間本身更具備學問。

前陣子一時失去理智，閃過一個可怕的念頭，考慮是否該換一個較大的冰箱。

我給自己的理由是這個冰箱已經用了超過十年，「有時候」覺得冷凍庫太小，需要存放的冷凍食品經常塞不下，而冷藏庫「有時候」也顯得空間局促。還有，現在的冰箱都會自動製冰了，但我還要手作製冰，「有時候」覺得不太方便。

好友聽聞淡淡地問了一聲：「它壞了嗎？」

「沒有。」我心虛地回答，感覺自己只是沒事找事做。有時候覺得冰箱太小，但其實仔細想想，大部分時候對生活都沒太大的影響啊。有時候覺得自動製冰很方便，但我不是已經不太喝冰飲了嗎？就算是招待朋友時會用到，朋友也不是天天來，冰塊也不常用到吧。人之所以留不住錢，壓抑不住購物慾，想要擁有的貪念，往往就來自於「有時候」這三個字無限延伸。

清醒之後，我站在冰箱前感到愧疚。冰箱不說話，但好像看穿了我動念拋棄它。我簡直聽見冰箱的內心戲，悵然低語著說它十年都沒壞過，那麼努力讓我省錢了，還跟著我搬過三次家，現在我的生活條件比過去好了，居然就嫌棄它？

恢復理智後的我，發現如果真要換一個較大的冰箱，那麼現在放在冰箱上的微波爐該何去何從？冰箱長高了，微波爐再疊上去的話，根本很難使用。

而且我還有個難以啟齒的祕密。其實，偶爾，我買的菜堆在冰箱裡，因為太忙或懶得自炊，最後根本放到壞，只好丟掉。很罪過，我知道。但更罪過的是，我竟然還想換一個更大的冰箱！太不應該了。

現在用的這個冰箱是在「無印良品」買的。搬來日本的第一年，住處附有電器和家具，因為那時候以為自己待一年就會回台灣，東西不敢亂買。第二年搬家，不管那麼多了，終於有一個空蕩蕩的房子，能夠實現我從零開始打造室內設計的心願，於是就去買了這台冰箱。簡潔純白的設計感，價格適中，對單身生活而言大小也夠用。

我一直對每個人家裡的冰箱裡，放有什麼常備菜或食物這件事感到好奇。因為那就跟 YouTube 的收看紀錄或手機裡的音樂播放列表一樣，一打開就能體會到這個人的生活感。

我的常備菜有幾樣，大致上總是會有韓國泡菜、冷凍煎餃或水餃、冷凍蛋餅皮或蔥抓餅皮、味噌（味噌湯用），還有每天都要吃的奇異果。

所有身在異鄉的台灣人，我想都明白冷凍蛋餅皮對我們的重要性。蛋餅皮簡直就是家裡的平安符。不是每天都會煎來吃，但偶爾想吃時能吃到，有股難以言喻的安心。如果有熱愛台灣的日本朋友到訪，煎張蛋餅吃，對方的感動會像是受到國宴級待遇。

我的冰箱裡另外還有一樣特別的東西，是我媽手作的客家紅蔥頭豬油。之前她來日本玩時會做給我，或者我回台灣時帶回來。多做的儲存在冰庫中，要用的那一罐再解凍放冷藏。吃膩了日本的食物時，煮碗麵吧，撒上香噴噴的紅蔥頭入口，一秒回台灣。

冰箱冰什麼？這些年來我去過一些朋友家裡，看過經常空空如也只固定會補充啤酒的冰箱，也見過冰箱門打開來以後，像是被轟炸過的戰場，亂七八糟。但迄今我印象最深刻的，是從前在早稻田大學念書時，身兼家庭主婦的日文老師說，她家的冰箱，冰庫裡冰著垃圾。

什麼！冰垃圾？原來因為在日本丟垃圾很麻煩，不是每天都能丟廚餘，所以在丟棄以前為了避免發臭，就只好冰到冰庫裡。嗯，這樣冷凍起來確實是不會臭啦，但想到垃圾跟要吃的東西放在一起冰，我還是難以接受。

冰箱是房間裡的另外一個世界，比房間藏著更多的祕密。瓶瓶罐罐如何擺置，準備烹飪的食材怎麼保鮮，還有吃不完的東西該怎樣存放，其實比整理房間本身更具備學問。

一個把房間整理得有條不紊的男子，本來是很值得嘉許的，但要是一打開冰箱，看見的是一片戰場，以及無法忍受的異味，那麼再怎麼有型的人也會被畫上一個大叉。日本設計師佐藤可士和認為，想要有好的工作效率，首先就得從整理辦公桌開始。我想，冰箱也是這樣的。想要獲得生活裡幸福的飽足感，應該從整理冰箱開始。

以前還沒限制肉品不能帶進日本時，有一段日子，我的冰庫裡塞著滿滿的肉粽，全是我媽親手包的。那時候覺得我的冰箱像是個寶藏盒，偶爾取一顆粽子解凍蒸來吃，瞬間自己就成為了一個幸福之人。

冰箱裡保鮮的食物總有保存期限，唯有這些記憶在冰箱門開開關關之間能夠一直留著，永遠不占空間。

08 靠窗的飛機餐

我邀請同樣對飛機餐有好感的好友，到我家來「登機」吃飛機餐。在複雜的心境中，我們迎來了一份泊在客廳靠窗的全日空飛機餐。

輕輕摸著微熱的塑膠薄片，滲透出來一股久違的觸感，從我的指尖迅速傳開。曾經熟悉現在卻陌生的動作，我小心翼翼揭開了眼前的飯盒蓋，像進行某種神聖的儀式。水蒸氣頓時散放，空氣中充滿獨有的飯香味，我和朋友忍不住異口同聲地說：「啊！就是這種味道！」在複雜的心境中，我們迎來了一份泊在客廳靠窗的全日空飛機餐。

新冠肺炎肆虐全球，國境封鎖，自由來去的旅行停擺，已經很久沒有搭過國際線班機。沒辦法飛到其他國度，就沒機會享用飛機餐。雖然有些人對於飛機餐從沒好感，但我向來是喜歡的，總在看見空服員換上圍兜推出餐車的剎那，我便有了旅行的實感。

回想起前幾年有段時間，我每隔一、二個月就在日本、韓國、台灣、東南亞和歐美飛來飛去，品嘗不同航空公司的飛機餐，那些美好時光簡直是上輩子積德的福報。

航空業大受疫情打擊，紛紛尋求生財之道，我慣常搭乘的ANA全日空決定在網路上賣飛機餐。據說原本只是打算消化飛機餐的庫存和空廚訂單，但沒想到極受「旅客」歡迎，不到幾天就售罄，擇日追加販售。過了半年，這項商品因意外熱銷而固定販售，聽說連空服員也進場支援。依照不同的航線，還有早餐或午晚餐時段，飛機餐菜單也不同，全日空陸續推出，直到現在每次一發售，熱門的菜色仍常在幾小時內就迅速賣光。

剛推出網購飛機餐時，我有朋友看到新聞後當趣聞，傳訊息給我說到底誰會買？我尷尬地回覆，那個人就是我，我已經下單。他發現我是認真的，後來還傳來販售艙內餐車造形置物櫃的訊息。要不是我家空間有限，又有預算考量的話，真有點心動。

截至目前為止我買過兩次，第一次買洋食（西餐），第二次買和食。一箱共有十二份飯盒，由三種不同的菜色組成，每種口味各四份。放在冷凍庫保存，期限約一個多月，要吃的二十四小時前先拿出來放到冷藏櫃退冰，然後用微波爐加熱三分鐘即可。說穿了就是微波食品，但神奇的是加熱後吃起來跟現煮的一樣。我向來對全日空的飛機餐頗有好評，當然這送到家的「本格派」飛機餐也沒讓我失望。

我邀請同樣對飛機餐有好感的好友，到我家來「登機」吃飛機餐。前一天為了先將飯盒退冰，於是先傳菜單詢問他想吃哪一款？當天朋友到來，我特地準備好托盤，除了餐盒還擺上沙拉、副菜、湯和甜點。

「這位先生請問您要喝點什麼飲料嗎？我們提供無印良品的果汁。當然如果您要汽水或酒精類飲品，也沒問題。」

我有股扮家家酒的熱情，今天 cosplay 的是空少。朋友笑著說，這是頭等艙的服務和餐點了。那當然，我補充，而且本航班的機上電影會用百吋投影螢幕來呈現。

你要說我無聊或幼稚，我其實一點都不在意。在失去海外旅遊的日子裡，我慶幸自己還能發揮一點小說家的想像力，跟志同道合的朋友，在靠窗的位子，一邊看著電影，一邊享用飛機餐，從家裡的餐桌起飛到一個自得其樂的領域。

09 奇異果

偶爾我也會想，多吃奇異果的生活，不知道人生能不能也變得奇異？

以前我不吃奇異果。總覺得毛茸茸的奇異果長得很不討喜，觸感差，連帶著從未細究過口感的好壞，反正先入為主的就是不想吃它。

誰知道居然就從某一天開始，奇異果成為我每天早餐的必備品。

那陣子，健康出了些小狀況，我視為是身體發出的警訊，決定好好來改善一下日常生活。其中一項，就是飲食。

年紀輕輕時，真的沒在意過健康飲食的問題。反正肚子不會餓，身體跟大腦也會動就好了，吃什麼都行。可是現在，只要一想到每天都在吃，把很多無用的食物一直往嘴裡塞，那些東西被身體吸收以後，日積月累地改變自己，變成一個大垃圾，就覺得是把身體寫成一部恐怖的推理小說。

改善飲食生活，第一步就是下定決心，每天吃水果。

以前不吃奇異果，但其實其他的水果也很少吃。尤其是搬到日本以後。過去住在台北，媽媽會買水果回家，還會順手拿來吃吃，可是一個人住在異鄉，水果根本是身外之物。日本的水果貴，種類又比台灣少，再加上懶得削切，放棄吃它也只是剛好而已。

有什麼必吃的水果，是對自己健康狀況有幫助的呢？研讀過許多資料以後，赫然驚覺奇異果是非常偉大的存在。

原來，好拚命地去吃一堆柳橙、檸檬、香蕉和蘋果，根本遠遠比不上吃一粒奇異果來得划算。奇異果的營養成分CP值那麼高，過去我卻如此瞧不起它，實在很不應該。抱著歉疚之情，我重新面對了奇異果。結果，事情就從切開第一粒奇異果以後全然改變。

我愛上了奇異果。

如今，每天早上吃早餐，我都得配上一粒奇異果。到其他城市過夜出差，甚至是出國旅遊，回飯店前最重要的事，就是去超市準備好翌日早晨的奇異果。彷彿房間裡放了奇異果，就覺得安心。真是太奇怪了。令人不得不懷疑，吃奇異果真有穩定情緒、改善睡眠品質，甚至舒壓抗疲勞的功效。

偶爾在想，多吃奇異果的生活，不知道人生能不能也變得奇異？從前不愛的，有一天，驀然回首，或許就有了相愛的運氣。

10 警報器都醉了

最近朋友們來訪，飯後喝杯熱紅酒成為一種新儀式。然而，就在我熄掉爐火，準備瀝乾食材分酒時，突然間，意外發生了。

將三分之二瓶的紅酒倒進鍋子，再撕開熱紅酒香料包撒進去，我熟練地扭開爐火，看著鍋裡溫熱的紅酒冒出水蒸氣。一片片的檸檬草、肉桂和各式花果乾材，在熱騰騰的紅酒中開始翻騰，不一會兒廚房已充滿著甜蜜的酒香。我忍不住深吸一口氣，用一種優雅的口吻，轉身對著來家裡作客的朋友們說：「就快好囉！保證就算不愛喝紅酒的你，喝下這一杯以後，從此就會愛上。」

前陣子因為在家煮過幾次熱紅酒，忽然愛上了這件事。最近朋友們來訪，飯後喝杯熱紅酒成為一種新儀式。可能因為我邊煮邊說介紹得太生動，大家莫不引頸盼望。這一天也不例外。然而，就在我熄掉爐火，準備瀝乾食材分酒時，突然間，意外發生了。

客廳的對講機音箱忽地發出巨大的警示聲，一道機械男聲生猛地竄出，帶著中氣十足的音量大喊：「瓦斯外漏！瓦斯外漏！瓦斯外漏!!」響徹雲霄的聲音，嚇到屋裡所有的人。機械男聲語氣不帶感情，非常急促，日文的抑揚頓挫說得好用力。他的話交雜在鈴聲大作之間，令緊張度升級百倍。

原來是廚房天花板上裝的警報器偵測到異狀。從來沒有發生過這種事。瓦斯外漏？我馬上檢查瓦斯爐，關得好好的呀，太奇怪了。警示聲從對講機冒出，我卻找不到可以關閉聲音的按鈕，只能任由它們叫個不停。對講機沒辦法關掉，天花板上的偵測器應該可以吧？但我抬頭看，卻沒看到有任何開關。

「椅子給我！」我的其中一個朋友突然說：「要整個拆掉才行。」

趕緊拉來一張椅子給他，他矯捷地站上去，一伸手，抓向天花板上的偵測器。他的手往逆時針方向一轉，不到一秒，偵測器就被他輕輕鬆鬆給卸下來了。

朋友說，他想起以前剛搬進新家裝潢時，因為屋內不通風的異味，讓家裡的警報器也曾大響過，所以才知道要整個卸下來才行。

經他這麼一說，我才想到剛才煮紅酒時，我忘了開抽油煙機。結果不是因為瓦斯外漏，而是廚房空氣中的酒精濃度過強，散不掉，偵測器太敏感而誤判成異味。

還好朋友在場解決了危機。果然是人沒常識就算了，但沒朋友可不行。警報聲結束後，朋友又幫忙將偵測器給裝回去，一切回歸太平。

慌亂過後，還真需要來點酒來收驚。我們終於好整以暇地喝起美味的熱紅酒，戲稱好喝到連警報器都醉了。但，十幾分鐘以後，換門鈴響起了。想不到剛才發生的事驚動了保全，對方特地趕過來詢問狀況，我非常不好意思地解釋：「呃，只是因為熱紅酒的關係。」

「熱紅酒！」眼前的日本男人眼神頓時亮起來，我忍不住納悶，他是驚訝於我的愚蠢呢，還是他對熱紅酒其實也有興趣？

朋友打趣說，每個月繳那麼多的管理費，這次證明了錢沒丟進大海裡，保全人員真的有在注意大樓的狀況，行動也迅速確實。

其實，每一年大樓的管理公司都會安排人來檢測偵測器是否正常運作，但我一直以為那個東西只會偵測煙霧火苗，沒想到原來也聞得出瓦斯（呃，或者熱紅酒）來。

日本強制規定住宅一定要在家中天花板裝火災偵測器，比較陽春的是只能發出警示音，大樓的則會連線自動滅火的噴水裝置。另外，家家戶戶幾乎都會投保地震及火災險，雖然長期下來增加不少開銷，但萬一發生什麼事，總還有個補償。

幸好天花板上的偵測器能分辨出是煙霧還是異味，否則消防水花豪氣地噴灑下來的話，我看整個家，整鍋熱紅酒，都將流成我的淚海。

11 愉悅地用心咀嚼

每當有日本朋友來家裡作客，問我能不能、會不會做些什麼台灣料理給他們嘗嘗時，冰箱裡的紅蔥頭就是救命法寶。

開啟爐台的微微火苗，在鍋子預熱之際，從冰箱中拿出一罐密封保鮮盒。旋開盒蓋，用長筷挖起一塊油膏置入鍋內，不到幾秒鐘以後，油膏便迅速融化，開出一片紅褐色的蔥花。耳朵聽見油鍋上劈劈啪啪的聲響時，濃郁的油蔥香早已先一步搶攻了嗅覺。總是在這樣的一瞬間，這股味道恍如舞台劇上迅速變換的場景，讓我立刻瞬間移動似地置身在熟悉的台灣家裡，幾乎忘記此時此刻，我其實仍一個人身在異鄉日本。

那是我媽媽做的客家紅蔥頭。

移居到東京十幾年，如今每一次回台灣，或是媽媽來日本玩時，經常都會帶上一罐紅蔥頭。客家紅蔥頭（或稱香蔥頭、蔥頭酥）的配方和作法雖然在網路上都可查到，但媽媽親手煎出來的紅蔥頭，當然不是靠這些食譜製成的。累積五十多年來的烹飪經驗，這罐紅蔥頭裡有著她獨有的製作方式。這要是在日本被媒體報導的話，肯定得冠上「自家製秘傳」這幾個聽了就會令日本人立正的關鍵字吧。

我曾經寫過一部客家餐館小說並被改編成舞台劇的《九層之家》。其中有一篇章特別就寫了客家紅蔥頭。當時在寫作時，特別請教過媽媽紅蔥頭的製作方法，但只是聆聽、筆記而已。直到十多年前，我忽然決定離家一個人搬到東京，才真正試著自己去做。

雖然按照媽媽教導的步驟，大師也在旁細心指導，最後香蔥頭也確實煎出來了，但總還是覺得味道不太對。

技術不夠，又嫌麻煩，只做過一次就宣布隱退。此後就還是拜託媽媽做，每回做完，冷凍以後由專人空運來日。

一直覺得客家紅蔥頭是個很神奇的東西。無論煮麵、煮湯、炒米粉、炒肉絲、青菜甚至是炒飯都好，只要加一點做烹飪的基底，整鍋食物就倏地有了台灣客家味。我在東京家裡下廚時，並非每一次都會用這罐紅蔥頭，但是只要稍微想嘗點台灣的家鄉味時，就會以它來取代日本的高湯和調味料。

每當有日本朋友來家裡作客，問我能不能、會不會做些什麼台灣料理給他們嘗嘗時，冰箱裡的紅蔥頭就是救命法寶。完全不擅長烹飪的我，只要用它隨便煮個東西，日本朋友們吃了都反應熱烈。

美味食物帶來的直覺反應，真的是騙不了人。住在東京的台灣朋友有一次來我家，正逢晚餐時間，我默默地熱了盤炒米粉一道吃。朋友吃下第一口就驚呼：「你做的？很好吃耶！跟我吃過的炒米粉味道都不同！」我笑著回答：「我哪有這麼厲害，這是我媽昨天回台北前炒給我的。」

味道不同，我想多少也是來自於紅蔥頭的功效。朋友的成長中很少接觸客家菜，吃過的米粉從不是道地的客家味，這一天總算刷新了對客家米粉的印象。

其實我媽不算是「專攻」客家菜的，因為她二十歲嫁人後才開始學做菜。我爸是從江蘇過來的，兩個人成家後自炊，餐桌上的家常菜，一直以來也就不是只限於哪一種地方的料理。因此小時候我對於客家菜，真正更直接的感受與印象，是來自於住在桃園新屋的外婆家。

以前大眾運輸交通不方便，只有每逢過年、特殊節慶或外婆生日才會去新屋。記得每一次去，全家小孩都非常期待，但是說起來有點不好意思，我們期待見到外婆家的人，但內心更多一點期待的，是吃到外婆做的客家湯圓。客家鮮肉湯圓，從美味的內餡到Q彈的外皮，一粒粒全都是外婆和舅媽親手捏製而成，搭配長時間細心熬煮的湯頭，再配上茼蒿菜提味，每一口，都足以讓人想念一整年。

後來外婆和舅媽年紀大了，手藝不似早年細緻，湯圓愈捏愈大。以前一碗能裝三粒的，到最後一碗只能裝得下一粒，頓時湯圓變肉圓，吃一粒，幾乎已飽。

外婆和舅媽見我吃完了，又要替我再添。

「只吃一粒而已怎麼行？」她們說。

是啊，只吃一粒也太不捧場了，雖然那一粒就塞滿了一個碗耶，但還是趕緊又補上一粒。

去外婆家吃湯圓，從此由期待變挑戰。

舅媽和外婆都走了以後，那樣美味的（巨無霸）湯圓再也吃不到了。

很多年以後，我已經在日本定居時，有一次回台灣，姊姊開車載我和媽媽去桃園玩，帶我們去吃了一家據說非常美味的客家湯圓。湯圓和湯頭一入口，我們三人都默默點頭，什麼也沒說，又再吃一口。於是我明白了姊姊口中所謂「非常美味」的定義，就是接近於外婆的湯圓味。

每個人對於食物美味程度的定義，都跟成長經驗脫離不了關係。如果家裡有誰是比較擅長於烹飪的，那麼對於某幾道菜「非常美味」的說法，大約就會跟著成長飲食經驗走。

還有許多客家美食，雖然不是外婆家做的，卻總是在以前去外婆家的回程路上，會沿路外帶買來吃吃。其中，蘿蔔絲菜包是我很愛吃的。一整盒買回家，冷掉了用電鍋再蒸一蒸，再吃也依舊美味。

媽媽也會煮客家湯圓，是在炒米粉之外，她另一項擅長的客家料理。不過，媽媽的客家湯圓是用紅白小湯圓煮成的，不包肉。細切的豬肉和香菇，配茼蒿與紅蔥頭煮成湯，在冬天吃起來特別有療癒身心的感覺。

除了外婆的湯圓以外，從小到大我們就是吃媽媽的湯圓。有位鄰居阿姨，吃東西是挑嘴挑得出名，她曾經對我們說過：「外面的餐館怎麼吃，都沒你媽煮的好吃。尤其是湯圓。」

雖然總有親戚和朋友鼓吹著，要我媽應該開間餐廳，但我媽是一點興趣也沒有。我想，她只是想煮給她喜歡的人吃吧。因此能夠吃到我媽媽料理的人，就變得特別尊貴了起來。

那些美味，透過鼻子與舌尖，吸收到我的身體裡，成為了我的一部分。

雖然總有一天終究也得跟媽媽的菜道別，但是關於這件事，或許該先靜靜地放著不必理會。因為比那更重要的事情，就是去珍惜每一次共餐的機會。每一罐紅蔥頭，每一盤米粉，每一碗湯圓，愉悅地用心咀嚼。

3

chapter

盥洗・清潔空間——乾乾淨淨的心靈，存在洗滌之間

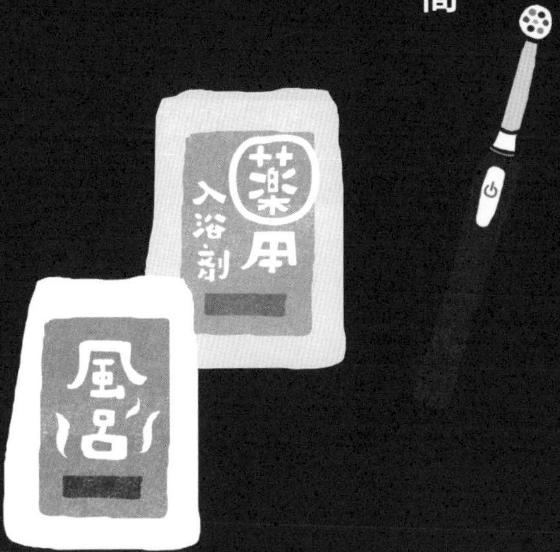

01 關於清潔自己的幾件事

在家裡泡湯時，看著放了一缸的水，僅僅只是一個人泡，怎麼說都有點浪費。總是在這個時候會覺得，如果公寓裡多了一個人也不錯。

之一．洗臉台

在日本找房子時，最理想的格局就是盥洗室是獨立出來的空間。比如我現在居住的公寓，踏進玄關以後，一個門是通往客飯廳、廚房和兩個房間，另一個門就是通往盥洗室。在盥洗室裡，乾濕分離的浴室和廁所間、洗臉台都集中在這個空間，洗衣機也放在這兒。因為是獨立的空間，如果家裡有其他人時，無論是想上廁所、洗澡，或想要梳洗的人，彼此都不會干擾，我覺得是非常理想的動線設計。

一旦住過這種格局的房子，肯定明白它的好處，基本上就是回不去了。

記得很多年前，還不是住在這裡時，我從原有的住處打算搬到另外一個地方，當時是第一次入住有獨立洗臉台的租屋。當初跟著房屋仲介商走進那間公寓時，感覺到最為有趣的格局，就是在那間屋子有一處占地不小，獨立於浴室之外的洗臉台。

洗臉台在日文裡稱作「洗面台」。其實，在衛浴間裡已經有一個附有鏡子的洗臉台了，要是在那裡刷牙洗臉，空間也絕對是足夠的。不過在那間小公寓裡，卻特地不將洗臉台設置在浴室裡，而是獨立在浴室外面。

一起看房子的仲介商指著洗臉台說：「要是女生的話，看到這個一定馬上租了。」

他說出這句話時，彷彿帶著一點遺憾似的，覺得如果我不是男生，老早就心動了，他也不必再麻煩地帶我去看其他物件。

這個洗臉台讓我知道，原來日本女生租房子，最理想的夢幻衛浴組合，就是能有一個獨立的，收納性強的洗臉台，其實也就是梳妝台。不只可以在這裡梳化妝與造型，也因為設置了可以拿下來的伸縮式水龍頭，因此，早上不進浴室也能在此洗頭。還有寬闊的洗臉盆，很適合拿來浸泡手洗衣物。

對東京男生的印象，常來自於流行的街角和潮流的服裝雜誌，然而那個仲介商男人卻完全不是這種形象。所以，他當然不會知道，其實需要洗臉台的哪裡只限於女生呢？身為好青年的現代男子，也是需要一個能夠好好打扮自己的洗臉台呀。

最後，還沒走出公寓，我便告訴了他：「我決定要租這裡。」

當時我已明白，住的地方有一個機能良好的洗臉台，就能神清氣爽地走出大門。

之二・浴室

在日本的商務旅館和單身公寓中的浴室，多半都會使用所謂「Uni-

Bath」一體成型的設置。所謂一體成型就是將整套浴室模組，一模一樣的用具，鑲進每戶客房的浴室位置。雖然看起來總有些玩具模型之感，不過比起磁磚鋪設的浴室，「Uni-Bath」比較不容易藏汙納垢，而且即便房子是老舊的，也能換一組新的浴室，所以租房子時，我喜歡這種浴室的房子。

不知道為什麼，「Uni-Bath」裡所有的東西一定是鵝黃色系的，也絕對是用著同款的燈泡散放出相同的光澤，從未見過有例外。我因此好奇會不會有那種比如狂戀粉紅色的女生，會希望住到一間粉紅色的浴室呢？

浴室最怕潮溼。就算有抽風機或窗戶，如果洗完澡不特地把浴室擦乾的話，浴室永遠也不容易乾。老是潮溼的浴室會滋生壁霉，對房子或對人的健康都不好。特別是台灣不像日本習慣將浴室與廁所做成乾溼分離，所以要是上廁所時，地板溼答答的，感覺就不舒服。

夏天乾燥還好，冬天時洗完澡擦乾地板後，我還習慣拿電風扇吹一吹。而當朋友來我家住時，我習慣是最後洗澡的人。反正都要將浴室給擦乾的，最後交由我來一次解決比較省事。

站在浴缸中淋浴時，拉上浴簾當然是盡量保持浴室乾燥的方法。不過，我有個怪癖，就是在家裡以外的地方洗澡時，特別是飯店，盡可能的我不會拉上浴簾。原因很蠢，因為我害怕當浴簾拉起來時的那股空間壓迫。尤其是完全沒穿衣服，卸下了眼鏡而視線模糊一片，又關在那麼狹促的空間裡時，會不會有什麼東西等在浴簾外面，當你一拉開，一切為時已晚？唉，真不知道這樣算是有想像力，還是該說有被害妄想症的潛能？

即便如此，要是說跟剛熱戀的人一起洗澡，那麼我還是會選擇一個人。不是因為更嚴重的空間幽閉症，而是到最後，你們根本不可能好好洗澡。

之三．泡澡

從前「泡湯」指的是東西泡了水，引申為落空、報廢或完蛋了之意，然而曾幾何時，泡湯變成了好事。泡湯開始指稱日文裡的泡溫泉。

電視上的日本旅遊頻道，總喜歡播放日本泡湯的畫面，好像住在日本，去泡湯就是生活的一部分。雖然，東京有不少錢湯或標榜溫泉的浴場，可是並沒有像是北投和陽明山那樣的天然溫泉地。想要上山泡溫泉，都得離開都心，到很遠的郊區才行。像是台北人這樣，下了班，隨時都能到行義路那麼近的地方泡湯，我的東京朋友們聽了都好羨慕。

既然無法常常上山泡湯，在家裡營造出泡湯的氣氛，就成為日本人在乎的生活情調。五花八門的入浴劑於焉而生。以前台灣吵過一陣子，說溫泉粉根本不含具有療效的溫泉元素，有欺騙消費者之虞。其實，日本在好多年前，就不稱這些買來在家裡泡湯的東西叫做溫泉粉了，而一律叫做「入浴劑」。

我的浴室也常備了幾種入浴劑。特別是每到春天會推出的櫻花香味入浴劑，一定會多買幾罐，因為過了這時節，店裡就不賣了。

神樂坂有一家店「MAKANAI」，專賣各種號稱對身體健康有所幫助的入浴劑。比如冬天經常手腳冰冷的我，就買了檜木與生薑混合的入浴劑來泡。可是，不都說入浴劑只是增加香味，對身體其實沒啥幫助的嗎？算了，反正人生本來就不是什麼事情，都一定得要求有成效的吧。泡了心情好，也就值回票價。

現在家裡常備的入浴劑，除了無印良品的之外，還有那種全國各地溫泉名勝地巡禮的入浴劑。一盒裝有好幾包，每一包就是一個知名的溫泉鄉，而且泡出來的水還有不同顏色。呃，不同顏色？那不就代表是假的嗎？對，確實是假的，這是一個大家都知道的事，但反正在家泡澡，本來就沒人在追求真的溫泉，只求香氣好聞，只是要一種氣氛而已。

每次在家裡泡湯時，看著放了一缸的水，僅僅只是一個人泡，怎麼說都有點浪費。總是在這個時候會覺得，如果公寓裡多了一個人也不錯。

「我洗好了，換你囉！」我想我會這麼說。

之四．刮鬍刀

我不知道對於其他男生來說，需要開始刮鬍子代表著什麼樣的意義。對我來說，那是我第一次意識到自己，開始朝著一個成熟的男人的方向前進。

第一把刮鬍刀是非常陽春而簡便的手剃刀款式。鬍子這種東西很有趣，你一旦開始刮，新長出來的鬍子就會愈來愈粗。好像要跟你作對似的，很頑固。因為技術不好，老是刮不乾淨那些愈冒出來愈粗硬的鬍子，因此，在某一年的父親節，趁著特價買了生平的第一把電動刮鬍刀，給自己。

前陣子，忽然決定換一把新的電動刮鬍刀。日本製的，取代了一直以來用的那支德國製的電鬍刀。

這把 Panasonic 的刮鬍刀造型很美，防水。更重要的是，我根本沒花到錢就擁有了！因為先前在賣場裡買了相機，累積不少現金回饋點數，就直接拿來換了這把電鬍刀。

以前買刮鬍刀時半知半解，這次特地做了點功課，才發現電鬍刀的剃刀片數跟清洗方式都是一門學問。而大部分的電鬍刀其實跟印表機沒啥兩樣。就是機子本身價格並不貴，貴的是耗材。印表機是墨水匣，電鬍刀就是一、兩年得更換一次的剃刀片。

這把電鬍刀廣告請來明星光著身子在沐浴時刮鬍，強調刮鬍刀可以一邊淋浴一邊使用。因為溼潤，所以不容易傷害皮膚。然而，雖然如此，這陣子用著新的電鬍刀，即使習慣刮鬍的方式也塗抹了潤鬍劑，但不知怎麼偶爾仍會不知不覺地刮傷。

為什麼如此小心翼翼的，卻還會受傷呢？看著鏡子裡的自己，微微的血光，即使不痛不癢，但卻令人有些受挫。

人生中難以抑止的追求，如履薄冰卻無可避免地受傷。那血光似同一則提醒，記住自己其實是那麼的平凡與脆弱。

之五．牙刷

曾經在日本某個賣牙刷的網站上，看到他們主推一項新產品，號稱是世界上第一把三百六十度的牙刷，可以上下左右並自由自在地轉動刷毛。

我真不知道是如何發明出這玩意兒的？雖然說目的是希望刷牙能刷得更

徹底，但我怎麼看那造形，都像是把一根縮小版的馬桶刷給放進嘴巴裡。

在浴室裡刷完馬桶，拿著差不多的工具，緊接著刷牙，然後看見鏡子裡的自己，明明沒有過得不好，但恐怕怎麼說都會有點委屈。

我買過那種，號稱是手工牙刷製造職人所生產的牙刷。好不好用，或者是否真的對牙齒有幫助，說實在的我搞不清楚。但後來覺得，其實也沒必要花那麼多錢買牙刷。反正是要定期更換的，太貴了，還不捨得丟呢。

現在的我是用電動牙刷。電動牙刷的刷頭，可以定期更換。牙刷用久了，刷毛肯定坍塌，而且因為潮濕，很容易滋生見不到的細菌，所以，牙刷定期更換是用牙刷的正確做法。

牙刷有另外一個存在的象徵價值，跟刷牙無關。許多影集都會用到的老梗，那就是當單身公寓的洗臉台上，開始擺起另外一支別人的牙刷時，無論它是每天或者偶爾被使用，都代表著原本一個人的生活形態，悄悄地有了轉變。

有時我會回想，曾經，我在他家裡留下來的那把牙刷，究竟是在哪一個時間點被丟進垃圾桶的呢？丟牙刷時，對方會有一點點的感觸嗎？

之六．毛巾

那天和日本朋友聊起來才知道，原來有很多日本人每天都會更換洗臉的毛巾。跟洗澡的浴巾分開來，光是洗臉巾而已，家裡至少就會準備七天份，每天一定會換一條。「即使不髒也一定要每天換嗎？」我的台灣朋友聽了問，並說以為自己兩三天就洗一次洗臉巾，已經算是很乾淨了。日本朋友回答：「每天臉都會出油啊，所以就算只是一天，也會髒的。」台灣朋友不放棄地說：「可是通常用到洗臉巾的時候，已經是用洗面乳把臉洗乾淨了才擦乾，所以毛巾應該不會太髒吧。」

接著，日本朋友又說了什麼，我記不太清楚了。不過關於更換洗臉巾的話題，就這麼延展開來。而我也才警覺，其實過去我對洗臉巾的清洗和更換也採取著相當隨性的態度。常常洗，但絕對沒有做到每天洗的地步。

有鑒於此，我也開始在家裡多準備幾條洗臉巾了。洗臉巾的選擇恐怕跟季節也有關係。夏天乾燥，毛巾很快就能乾，但到了冬天，浴室很潮溼，要是用太厚的洗臉巾的話，很難乾。要是開暖氣的話，我多半就會把毛巾拿到暖房裡晾乾。毛巾上染著要乾不乾的味道，其實是恐怖的。洗臉巾既然是要拿來擦臉的，想當然就比擦身體的浴巾還重要。質材太粗劣的，簡直是把自己的臉往磨砂紙上抹來抹去。

至於為何日本朋友要準備七條毛巾呢？就算天天更換，只要有兩、三條，重複洗滌不就成了嗎？答案是他懶得每天洗衣服，很麻煩。

嗯，每天換毛巾不麻煩，每天洗毛巾很麻煩。

有一些事情懶，另一些事情卻不懶，怎麼分別也夠微妙的了。

像是有一些人愛，另一些人卻不愛，標準也很曖昧。不過，那怎麼樣都比不上，在同一個對象上，你不知道你們該算是愛，還是算不愛。

02

刷牙與看牙

大概所有的留學生，面臨牙痛而不得不去看牙時，往往都不是衝去牙科，而是忍著痛，待在家裡先上網惡補，查好背好牙醫用語……都這麼痛了還要先念日文？

對於住在國外留學或工作的人來說，有件事應該是在經歷過以後，就會忽然間覺得人生晉級到了另一個新階段。那就是，在異鄉看牙。

看牙本身就是一件讓人夠心驚膽跳的事了，再加上剛來到國外，人生地不熟，語言還不怎麼通，緊張的程度就會被放大好幾倍。如果是感冒去看醫生，日文程度還沒有很好時，我覺得在溝通上不會有太大困難，因為會使用到的詞彙基本上並不多，但要是牙痛去看牙，那絕對是另一個境界。

牙醫的專門術語太多，對日文初學者來說，頂多只會「蛀牙」跟「牙齒痛」的基本表達，其他的單字，平常沒需要去看牙時，根本不會優先想到要記。

牙床、牙齦、拔牙、補牙、抽神經、打麻藥、填充物、牙冠、假牙、牙橋、植牙……那些醫療名詞很多跟中文說法不一樣；牙齒搖搖欲墜，牙齦陣陣抽痛，牙齒又痠又麻……這些形容痛感的句子，日文習慣用超相似的疊字擬態語去表達，即便是久住日本的外國人，恐怕都不一定熟悉使用，何況是初來乍到的留學生？真的是一大挑戰。

你不會講，而醫生講的你也聽不懂，只能任憑冰冷的機械在你的嘴裡攪動，這樣的看牙過程比看鬼片還驚悚。

因此，大概所有的留學生，隻身在異鄉面臨牙痛而不得不去看牙時，第一件事往往都不是趕緊衝去牙科，而是忍著痛，待在家裡先上網惡補，查好背好那些牙醫用語。都這麼痛了還要先念日文？十幾年前剛來東京時，我經歷過這一切。雖然回首想起覺得好笑，但當下還真是有點心酸呢。

然而正因為走過這一遭，關於牙醫領域的日文能力，忽然就在腦中裝備齊全了！後來有些認識的人也來東京留學，遇到需要看牙而求助於我陪同翻譯時，我一方面認為幫忙朋友理所當然，但一方面卻也覺得我彷彿讓他們失去了「晉級」的機會。

這幾年在東京看牙已有固定會去的診所，距離我家步行只要三分鐘。遇到醫術高明的醫生是幸運，若再加上溫柔又有耐性，而且不會讓你痛，那真的是祖上積德。現在去的牙醫正是如此。我不確定到底是因為時代進步的關係，或是醫生技術很好，我在這間牙醫就連打麻藥，針插下去的剎那都無感。雖然緊張難免，但麻醉處理得好，基本上治療過程也就不太害怕了。

為什麼記憶中，以前看牙光是打麻藥就痛得要死呢？拔牙、抽神經簡直要人命。小時候被爸媽帶去看牙，好幾次還從椅子上跳下來哭著逃出診所。

牙齒要好，刷牙方式及工具也是關鍵。以前只是把刷牙當作例行的義務，沒花太多心思，後來在那間牙科診所，在牙醫的耳提面命與教學下，我才認真看待刷牙。

現在每天刷牙都比以前花上更多時間，整個流程大致上是這樣的，先用電動牙刷（BRAUN Oral-B）刷牙，它有配一個藍芽連線的小時鐘，可放在洗手台上，顯示四排牙齒的刷牙秒數，提醒你要徹底執行。然後醫生要我用另一把小牙刷，去刷電動牙刷難以深入的後排牙齒死角，完成後一定要再用牙線剔牙，最後呢，還要用牙間刷去戳牙橋與牙齦之間的縫隙，因為那裡牙線進不去。雖然起初覺得真麻煩，但久了也就習慣，畢竟還能亡羊補牢的話，就努力一下吧。

最近牙痛去看牙時，牙醫再度說明了要如何用牙間刷去清理牙縫的技巧，並且告知還有哪幾顆牙，正面臨可能的蛀牙危機，應該及早處理。我心裡不免想，還不痛就先沒關係吧？牙齒不健康的人，只要一看牙，就是沒完沒了。

牙醫彷彿從我的臉上讀到了什麼，用一種溫柔的口吻對我曉以大義。

「你要這麼想喔，人的身體絕大多數的病痛起源都是藏在身體裡的，肉眼看不見，要處理就得開刀。但是牙齒不同，大部分用肉眼就能發現，就能直接處理，所以比起其他身體部位來說，治療牙齒很方便也很簡單。既然有這麼多好處，怎能放任它不管呢？」

看得見的事物卻視而不見，這番話也太有人生哲理了吧！我馬上就預約了接下來的療程。

以前看牙的記憶太恐怖，所以總是用一種逃避的心態面對齒科。不痛就不去，導致平常疏於定期保養，才造就現在一口參差不齊的牙齒，問題多多。如果要問我人生有什麼遺憾的事？我想，就是沒在十幾二十歲就去矯正牙齒。在我那個年代，大家不像現在的孩子很早就有審美觀，願意及早開始戴牙套，所以成年後人人皆明眸皓齒。如今一張嘴，看見牙齒那麼亂，就知道我是上一代已停產的機種。

話說回來，我真的很好奇，這世界上有沒有人是超愛看牙的？比方說一坐上診療椅就覺得興奮期待，一聽到鑽牙機刺耳的運轉聲就感到悅耳？甚至太久沒聽到還會想念？如果有的話，我建議看完牙，可以再找個心理醫生好好聊聊。

03 乾燥的喜悅

在冷冰冰的季節，因為有了暖被機，即使一個人睡，沒有人體暖爐在身邊也無所謂。

又到了這個季節。無論日本或台灣，一下起雨來，常常就是成天又溼又冷，天地低沉，陰霾到一片毫無生氣的模樣，生活像是住在隨時會長菇的培育室裡。

雖然說日本比台灣乾燥，但秋冬氣溫過低，日照時間短，有時候即使是晴朗的天氣，曬衣服都不見得能乾，更何況是遇上陰雨天。要是家裡沒有能夠烘衣服的設備，生活過得太「溼」意，像一塊沉甸甸的吸水海綿，心情當然不可能乾爽輕盈起來。

以前住過的公寓，浴室裡有安裝烘乾設備，主要的功能是室內烘衣，只要把洗好的衣服吊掛在浴室裡，幾個小時後就能徹底烘乾，正所謂「不輸給雨、不輸給風」，方便至極。我聽說不少人覺得衣服晾在陽台容易髒，因此無論晴雨，衣服全是掛在在浴室裡烘乾。只是用浴室烘衣固然方便，但電費的增加也是不可小覷。

後來搬家，浴室裡沒有裝烘衣機了，一開始只在陽台曬衣，後來發現進入秋冬或梅雨季的陰雨天時，衣服在外面掛一整天還是冰冰涼涼。這樣真的不行，於是上網查詢比較以後，購入一台Panasonic的烘衣機，總算解決窘境。

烘衣機其實也是除溼機，但在日本很少會用到除溼功能，主要還是以烘乾衣物為主。我住的房子在格局上將乾溼分離的浴室和廁所、洗臉台、洗衣機放置處獨立成一個區域，簡單來說就是一個小房間，有一扇門，跟屋內的其他空間隔開。所以用烘衣機時，恰好可以把那扇門關上，衣服晾在裡面就行。空間小，集中烘衣，耗費的時間也就短一些。

其實前幾年我換了一台新的洗衣機，也是Panasonic的，本身就附有乾燥功能，可以直接烘乾衣物。不過那種烘衣功能算是簡配的，跟真正的滾筒式烘衣機，效果還是有差。內衣褲、T恤或被單床單，這些用洗衣機直接烘乾沒問題，但某些材質的衣褲就不行，用洗衣機烘乾的話整個型會垮掉，非得要掛好晾好，用那台烘衣機來烘乾才適合。

說到洗衣機，不得不提一下時代真的好進步。以前的洗衣機，脫水完以後所有的衣物都會捲在一起，像彼此打架纏身，誰也不讓步。但自從換了新洗衣機以後才發現，現在脫水完以後，每件衣服都鬆鬆散散地保持恰當距離，大家變得有禮貌多了。我再也不用像是要勸架似地一個個扒開它們。

洗衣服、晾衣服和烘衣服的時候，我經常會想到我媽以前常提起，小時候她跟著大人去河邊洗衣，那時候覺得洗衣服真是太麻煩太討厭了，心裡總幻想著要是這世界上有個東西，把衣服丟進去就能自動洗好，那真是太完美了。沒想到，後來就出現了洗衣機。

因此，我媽從洗衣服這件事，傳承了一個人生理念給我，那就是千萬別小看「心想事成」的力量。如果心想真可能事成的話，那還真得必須保持正面思考才行。老是想著壞結果，就像總是抱怨自己窮和倒霉，負面能量影響情緒和行為，最後心想事成的結果真的就是爛到底。

今年年初時，我添購了另外一項烘乾設備——烘被機。原本冬天睡覺時，被子裡就會放一塊小電毯，在睡覺前打開暖被。後來朋友建議真要暖被的話，小電毯是不夠的，唯有買一台烘被機才行，不僅能暖被還能乾燥羽絨被，讓整床被子變得又暖又蓬鬆。

於是我開始挑選烘被機。日本賣的烘被機種類繁多，眼花撩亂，最後挑選了一台不占空間，且功能也沒那麼複雜的SHARP機型。就在第一天使用以後，我驚覺自己以前到底過著什麼樣的生活啊？這樣的好東西，我為什麼到現在才買呢?!

烘被機真的太好了。缺少了它，你的生活不會面臨什麼問題；但擁有了它，你的生活品質就會大躍進。想要容易入眠，睡得舒服睡得好，烘被機真的值得入手。尤其是台灣，要是你住的地方很潮溼，光靠除溼機也很難將整床被子乾燥到輕盈的地步。烘被機還有個功能，就是會附上一個雙孔轉接頭，你可以拿來烘乾洗好的球鞋。

在冷冰冰的季節，因為有了暖被機，即使一個人睡，沒有人體暖爐在身邊也無所謂。每當我在睡前烘好被子，整個人滑進溫暖的被窩時，我的感觸就是改編一句童話裡老套到掉牙的話：「從此以後，王子自己一個人的時候，終於也能過起幸福快樂的日子了。」

04
垃圾丟得好，生活過得好

日本人對複雜的丟垃圾規則也感疲憊。有時演變成能丟廚餘的前一天，家裡才會吃魚。今天晚餐吃什麼？先想想明天垃圾丟什麼吧！

我的一位日本朋友曾經到台灣留學過，他跟我聊起剛到台灣生活，認為最具有「台灣特色」的事。我本來以為是咱們自豪的美食，沒想到他跟我說是丟垃圾。

他說學中文的課程教材有很多生活性主題，其中一個就是丟垃圾。一方面是教相關的會話用語，一方面也是讓外國人知道台灣的丟垃圾習慣。朋友說，在台灣每天要配合垃圾車來的時間才能丟垃圾，聽到〈給愛麗絲〉旋律就代表垃圾車來了，而且還得常常追著垃圾車跑，起初很不習慣，但後來覺得挺有趣，因為那真的是一種生活在台灣的實感。有別的國家也是這樣的嗎？朋友不知道，我也不確定，仔細想想，那或許確實是台灣特色。

如果不是住在大樓，一樓沒有垃圾間的話，那麼住在日本處理垃圾的方法跟台灣真的大不相同，很需要時間去熟悉。比方說，丟可燃垃圾（含廚餘）是每週一跟週四；丟不可燃垃圾是隔週的週二；丟飲食用的瓶罐、寶特瓶是每週二；丟塑膠容器跟紙類是每週六……非常複雜，且每個區域規定星期幾能丟什麼都不一樣。

日本人對如此複雜的丟垃圾規則也感疲憊。剛來日本時認識一個老師曾說，因為夏天悶熱，廚餘不能天天丟，堆在家裡又容易發臭，因此演變成能丟廚餘的前一天，家裡才會吃魚。今天晚餐吃什麼？先想想明天垃圾丟什麼吧！

丟垃圾要在當天早上八點前拿到公寓附近的「收集點」放置。收集點並不會有大型垃圾桶，只有一個告示牌，所以垃圾就是丟路邊。每隔一段路，就有收集點提供附近居民丟垃圾，垃圾車之後才來逐一收集。每天早晨出門上班，沿街走過堆積成山的垃圾堆是日常風景。偏偏東京有很多蠻橫的烏鴉，偶爾垃圾車還未來，垃圾已被牠們給啄得零亂不堪。以前日本氣候涼爽，垃圾丟在路上比較沒問題，但現在東京變得愈來愈熱了，肚破腸流的垃圾曝曬在炎天下，真是臭氣熏天。

垃圾分類瑣碎，家裡的垃圾桶就很重要。無印良品賣很多各式各樣的垃圾桶，我買的是有足夠空間可掛兩個垃圾袋，分別可燃與不可燃垃圾。後來不知道為何，有一天忽然說塑膠袋可以燒了，不能燒的塑膠只剩下寶特瓶和塑膠罐，所以就把垃圾桶空間都讓給了可燃垃圾。寶特瓶那些可回收的塑膠罐，從此收集在一個袋子裡，掛在冰箱與牆邊的隱密空間，滿了就拿下樓丟。

不過我覺得最麻煩的還是丟大型垃圾。垃圾超過一定尺寸，就得去超商買價位不等的垃圾券，然後上網預約丟棄日期。花錢丟垃圾也就算了，麻煩的是總在此時你發現，怎麼整區的人沒事都在丟垃圾啊？「旺季」時，很難預約到近三週內的丟棄日。

超大的電器和家具，自己無法搬運的，比較適合找回收業者。日本公寓的信箱成天有廣告傳單，號稱有多便宜就能幫你處理好那些廢棄物。我的台灣朋友小裕搬回台灣前研究了一番，發現網路上有很多人提醒，日本有非常多不肖業者收了你的錢，把東西給搬走，但並沒有妥善處理，而竟是載到深山裡隨意丟棄！像冰箱或洗衣機那些家電，只要一查序號，有辦法查到購買者是誰，於是最後警察找上門，有憑有據查到亂丟垃圾犯法的人是你，而非那些逃之夭夭的業者。

最後一提，我有點無法接受無蓋的垃圾桶，除了可能夏天會滋生小果蚊之外，每次經過看見垃圾就會覺得礙眼。對我來說，隱藏好垃圾也是家裡做好收納的一部分。挑個好垃圾桶，垃圾丟得好，一切看起來清清爽爽的，生活才能過得好。

05

掃除時間

每天晚上在我睡覺之前，都會替房間的地毯洗澡。說出這樣的話時，自己都覺得詭異，好像一邊替地毯刷背一邊說：「今天也踩了你，請你原諒我。」這種鬼魅般的情節。

之一・擦地掃地

記得小時候在學校的掃除時間時，常會輪流到拖地板。那是我最痛恨的工作。學校的拖把總像是把幾塊布隨便剪碎，然後就塞進一根木棒子裡似的，質材很差，吸了水以後變得好厚重，怎麼擰也擰不乾。於是，洗拖把的時候，大家也只是隨便在水龍頭下晃兩下，做做樣子而已。結果就是拖把永遠沒洗乾淨。髒拖把再拿去拖髒地板，簡直像是邪惡的循環。

印象中我們家裡是從不用拖把的。我媽擦地板，是土法煉鋼型，拿著溼抹布跪在地板上擦一圈，然後再用乾抹布拭乾。難道站著用腳踩著抹布擦不行嗎？非得跪下來不可？「不行。」我媽說：「那樣會看不見髒東西，有擦等於沒擦。」

在東京的公寓裡，我的房間是木質地板。針對木質地板，我買了一支可以替換掃頭的掃具。裝上溼紙巾時，用起來也有點像是拖把。比拖把好的是每次擦完不必清洗，直接把溼紙巾丟掉就好，再也不用重回小時候擰拖把的惡夢。

溼紙巾的好處是除了不必洗滌以外，還有可以兩面使用。我通常在第一次拖完地板以後，會把溼紙巾從掃具上取下，翻過面來，直接用手跪在地板上再檢查一次。總在這時候會印證我媽所說，確實有些髒東西是站著時看不見的。

這種替換掃頭的掃具，還可以換成掃帚、清理玻璃專用桿、除塵撣，或者是像膠布式的地毯清潔滾輪。清潔滾輪也可以拿來沾大衣上的毛球。

其實每次都覺得很多地方已經清掃乾淨了，但清潔滾輪一滾過，還是會令人吃驚地看見不少灰塵與毛髮。那種巨細靡遺的程度常令我感覺心虛。彷彿知道要是清潔紙滾過的是自己，許多不忍拆穿的破綻也將無所遁形。

之二・布料除臭消毒

每天晚上在我睡覺之前，都會替房間的地毯洗澡。

當我對朋友說出這樣的一句話時，腦海中浮現出一些畫面，自己都覺得詭異。好像是什麼藝術電影似的情節，比如在月黑風高的昏暗房間裡，幽幽地牽著地毯走進浴室，一邊替地毯刷背還會一邊和它說話：「今天也踩了你，請你原諒我。」這種鬼魅般的情節。

所謂替地毯洗澡，是拿一罐毛布消毒專用噴劑，將地毯噴過一回，就可以達到除菌、消臭的效果，讓本來不可能天天清洗的地毯，彷彿像是洗了一次澡。對啊，有什麼道理我們自己每天都會洗澡，卻不幫家裡被踩來踩去的地毯洗澡呢？作為地毯，也是有著想要乾乾淨淨的尊嚴吧。

這種噴地毯的除臭消毒劑，還能用在衣類、鞋子和布製品，主要是針對難以經常水洗的東西，用了以後，號稱就能抑制怪味產生，同時殺盡看不見的細菌。用的方法是距離目標二十到三十公分，反覆壓下噴頭，全面性地將消毒劑噴在表面上。到底有多少功效呢？唉。反正有用總比沒用好。如果不用的話，又覺得把地毯買回家了卻不好好照顧人家，每天都在踐踏人家的尊嚴。

冬天常穿大衣和毛衣，從吸菸場合或燒肉店裡穿回來，那些味道好像就是跟我的衣服外遇似的，被我在家裡當場抓包。大衣跟毛衣沒辦法立刻清洗，也可以用這款消毒噴劑替大衣或毛衣洗澡。

那天，小深跟我去PUB回來以後的第二天早上，拿起前一夜噴過的衣服，沮喪地對我說：「根本還是很臭呀！」

我睡眼惺忪地說，大概是那裡菸味太濃了。

「那細菌一定也不可能除乾淨！」小深像是法官似地敲槌定案。

那我就不知道囉！我覺得我已經是個敏感且細心的人了，可是對於看不見的東西也愈來愈沒把握。何況，還是討人厭的細菌呢？我不想理會他，在心底對他說，到底乾不乾淨，你就自己好好感覺吧！

之三・過濾網

廚房流理台的排水口，通常會有幾個關卡。第一關是橡膠皮，擋住比較大的廚餘與穢物。第二關則是在橡膠皮之下，有一個可以取出來的圓狀過濾杯，讓穢物得以沉積於此，不會直接流進水管裡。比較老式的排水口的水管較細，塞不下過濾杯，折衷的作法是放一小片有細孔的薄片，目的相同。

可是，無論上述的哪一種過濾方式，清理時都會令人覺得這真的是一件很不想要做的事。尤其是排水口過濾杯的形式，看起來彷彿是很貼心的設計，但其實因為杯口深，你很難直接把沉積在底部的穢物倒乾淨，到最後往往得去掏黏在杯底的髒東西。

還好超市跟百圓商店裡有賣一種過濾袋，把它套在過濾杯上，清理穢物時，雙手完全不必觸碰到髒東西，整個拿起來丟掉就好了。簡直是清理排水口的救星。

這種放在排水口過濾杯裡的過濾袋，日文稱作「水切袋」。水切就是中文的瀝水，比如架在流理台上的瀝水網，以及放在排水口裡的過濾杯都稱為水切。毫不起眼的水切袋，也發展出非常專業的分類。比如材質上大致分成不織布、硬質尼龍網或有伸縮性的細網。而形式上依照過濾杯的大小與形式，也有相應的款式。

對家庭來說，用過濾袋是處理排水口廚餘的好對策，其實對整體環境來說也有好處。在日本高知市就做過檢測，當大部分的家庭都使用過濾袋時，流到處理場的汙水也減少了穢物量，因此當地的河川水質裡含有的化學酸素跟浮游物質都降低了。

每一種材質的過濾袋我都試過。用起種類不同的過濾袋，效果亦各有利弊。

其實人也是一樣的。什麼樣的人才值得你一起走下去呢？那個人如果能過濾掉你大部分的憂傷，讓你的生活有了清澈感，就是不該錯過的人。

如果找不到這樣的人，就努力讓自己成為那樣的人吧。於是，想要讓你過濾的人，必然已在靠近中。

4

chapter

臥房・書客房空間——工作和休息的基本配備

01 寒冬保暖的家庭神器

天冷的夜晚，當時互有好感卻未說破的對象初訪我家。到該回家的時候，他忍不住說：「我覺得我的屁股，被你家的電毯，黏住了。」我和他坐在電毯上相視而笑。

東京發布了睽違四年的「大雪警報」，原本前一晚預測市區平地積雪只會有一公分，結果一覺起來，雪開始下，氣象廳立刻反悔改稱東京都心會積雪九公分。最後這場雪比預期下得久也下得狂，東京內陸的西南部甚至有區域積雪超過十幾公分。對東京人來說簡直等同於國家級大事了，但我想看在雪國居民的眼裡，他們又是笑到最後的贏家了。

積雪十公分算什麼？北海道積雪量可以是從三位數起跳的。

面對跟台灣截然不同的環境，住在日本，很重要的事情就是冬天保暖禦寒。尤其對我們這些南國子民來說，許多人的體質根本難以招架酷寒的氣候。就算是已經在日本住了許多年，不適應的仍大有人在。我雖然早已習慣了，但如果長時間坐在電腦前，人不怎麼活動的話，即使開了暖氣，手腳還是容易冰冷。

大部分日本家庭的空調都是二合一的冷暖機。暖氣有個問題，就是熱空氣會往天花板跑，下不來，電腦桌下的腳總是感覺冷。我看公司裡有好幾個同事，在暖房中又在自己的桌子下放一台小電暖器，所以也曾考慮在家如法炮製。不過，就在去年上亞馬遜網站搜尋商品時，我意外發現更棒的東西。

有一種專門設計給書桌下的雙腳使用的發熱板。發熱板共有四片，全都會發熱，架起來呈現立體的「ㄇ」字形，其中一片踩在腳下（腳底能暖就差很多！），另外三面將雙腳給圍住，上方則用附贈的薄毯蓋住發熱板和大腿，因此熱空氣就會在面板圍起的空間內循環，保持一定的熱度。我立刻下單購買。ＯＫ，實用效果如何呢？我的回答是——多麼的美妙，多麼的不得了，滿意到我「滄海一聲笑，快樂得不得了」啊！

這玩意兒遠比腳邊放個小電暖器的效果好上百倍，完全解決了我的冬季人生困境。日本商人永遠不讓人失望。從此，我在電腦桌前工作，再也不會感到手腳冰冷，徹頭徹尾從裡到外，成為了實實在在的暖男。

因為疫情關係，遠端工作的人愈來愈多。好友P在家上班也跟我有同樣的困擾，深感只有空調的暖氣是不夠的。我秉持著傳福音的心情，立刻和他分享我的發熱板。於是他也買了，暖到靈魂深處，告訴我：「這根本就是家庭的新神器。」

新神器放在我房間的電腦桌下，但暖男離開了它，就被打回原形。夜晚在客廳看電視時，室外溫度若是冷到接近零度，即使穿著毛襪的我，坐在靠近落地窗的沙發上依然還是會有腳冷的問題。

以前看日劇，劇中人常會用暖桌，看起來好像很讚，但實際上在朋友家用過，長時間下來，我覺得很難久坐。這時候就很羨慕客廳裝置有地熱的公寓。地板熱熱的，據說整個空間就會很容易跟著暖起來。

我家沒地熱，決定來尋求替代方案。今年入冬時，再上亞馬遜網站求神問卜似地找到一張 Panasonic 的電毯。從暖度、觸感到設計圖樣，這張新電毯都很令我滿意。購入後，電毯放在客廳沙發前，踏著追劇，彷彿人生都踏實了，暖男總算強勢回歸。

台北盆地每逢寒流來襲，因為大多數人的家裡沒暖器，再加上潮溼，認真冷起來時也是錐心刺骨。不只是人冷，寵物也冷。前兩天，在ＬＩＮＥ的家庭群組聊天室裡，外甥女嘟嘟傳來一張照片。照片中，台北老家的小狗躺在沙發上熟睡，牠的身上蓋著一張薄毯，身下的坐墊還鋪著一張小電毯。原來因為我媽畏寒，愛屋及烏，小狗也受到特別的照顧，畢竟台北老家的空調沒有暖氣。

不過，狗狗身上那麼多毛，在家需要保暖到這種程度嗎？居然狗都要用電毯。外甥女在聊天室裡幽幽地回覆我：「因為有一種冷，叫做婆婆覺得你冷。」

今年冬天，在客廳用著新電毯時，忽然想起好多年前，住在練馬區租來的那間木造小公寓裡時，其實曾經買過一張比現在這張更大的電毯。那張電毯是無印良品的，不像Panasonic這張在電毯上還鋪有一層軟質的毛布，它的材質較硬，如短毛地毯。平常沒開電源時，可當作一般的地毯使用；開電源後，有個貼心的設計，可選擇全面或半面加熱，而且還能決定要熱左半部或右半部。

記得那時候，睡覺前我會進行一種「烤棉被」的活動。將棉被鋪在電毯上熱一熱，如此一來，棉被就會被烘得蓬鬆起來。

天冷的夜晚，當時互有好感卻未說破的對象初訪我家。到了該回家的時候，他忍不住說：「我覺得我的屁股，被你家的電毯，黏住了。」

我和他坐在電毯上相視而笑。

外面是那麼的寒冷，而電毯上是那麼的溫暖。

「那麼，不如今晚就住在這裡吧！」

還有些話沒說出口的，彷彿也被電毯給烤得暖呼呼的了。

02 睡

我喜歡記憶乳膠枕這個辭彙，感覺充滿著魔力。或許，枕頭確實是保存我們最多記憶的東西。

靠飲食來改善體質、安定情緒，進而能讓睡眠品質變好，這我是相信的。

吃得好壞，形成的影響是慢性的，但睡覺不同。人只要一睡不好，就是現世報。睡眠品質差的話，第二天注意力會低落，做事沒效率，情緒也不穩定。更別說因為生理時鐘紊亂影響內分泌失調，導致身體冒出種種狀況。

我是那種很需要充足睡眠的人。一天能睡到八小時是理想。只要睡眠少於六小時，第二天中午過後，我一定會變得恍恍惚惚。

在我身邊有幾個朋友，很不喜歡睡覺，雖然他們不得不睡。他們在睡前會說這樣的話：「好想快轉省略睡覺這個流程，就可以繼續做想做的事情了。」這是我一輩子也想不透的事。大概是因為睡覺也是我想做的事吧，才不捨得省略。

與我親近的朋友，從台灣到東京玩時會寄宿我家。他們常看到我，即使在不用去事務所上班的日子，仍很有規律地一早起來工作，便誤以為我並不貪睡。其實，我只是因為工作太多，不得已爬起床想盡快上工而已。

如果可以賴床，誰想要起床？這才是我心底的聲音。

對我來說，睡覺具備著非常強大的，自我療癒的功效，可以 reset 身心狀態。像是電腦用太久速度變慢了，重新開機，又能恢復該有的速度。

開著電腦寫不出好東西來時，我常常會躺到床上去。或許是發呆，或許一不小心就睡著了，只要度過一段時間以後，說也神奇，再坐回電腦前時，通常就能暢快寫稿。

有一陣子身體出現許多當時不理解的小毛病時，常在睡前把 Google 當醫生，結果往往得到許多恐怖的答案，陷入嚴重的焦慮，導致失眠。睡不著，就算睡著了也睡不好，第二天狀態自然不佳，結果就像是惡性循環，把身心狀況弄得更差。

事過境遷之後，現在我會強迫自己，在睡前不做任何太費腦的思考。讓運轉一整天的腦袋，漸漸放緩轉速，躺到床上時，才不會陷入焦慮或亢奮。最好心情能進入到一種「也無風雨也無晴」的境界，那更是完美。

後來才知道，我那些說不喜歡睡覺的朋友，其實多半是因為有些睡眠障礙。

從前人們見面打招呼時，總習慣問候一句：「吃飽了沒？」三十歲世代過後，如今與朋友見面，每一次更貼心的問候，或許應該改成：「你睡飽了沒？」

能不能睡得好，除了跟床有關，枕頭也很重要。

記得小時候曾經流行過綠豆枕和茶葉枕，我短暫地用過一陣子。這兩種枕頭應該是我睡過的枕頭當中，最感到匪夷所思的。枕頭裡裝著綠豆跟茶葉，睡起來嘎啦嘎啦的，像是走在碎石步道上，怎麼會感覺到舒適呢？

對睡眠一事專精的朋友告訴我，枕頭還是睡記憶乳膠枕比較好，能減少脖子和肩膀痠痛的機率。記憶乳膠枕的特質是不會讓頭陷入太深，但是又能調整出符合頭形和頸肩的曲線。形狀的沉陷與回復，都比較溫和。據說這種素材，最早是美國NASA為了太空梭上的太空人而發明的。不過冬天會變得比較硬，夏天會比較軟，是其缺點。

後來我便加入了記憶乳膠枕的行列。剛開始睡新枕頭的我很好奇，會不會做出不一樣的夢來？結果，那一晚真的做了個怪夢。我夢見我在試圖騎乘一隻——恐龍。

記憶乳膠枕在日文裡叫做「低反發」枕頭。低反發聽起來很專業，可是我更喜歡記憶乳膠枕這個辭彙，感覺充滿著魔力。

或許出乎意料的，枕頭確實是保存我們最多記憶的東西。

緊靠在枕邊的呼吸，那些歡愉了的感傷，在離開後什麼也沒留下的你的房間裡，只有枕頭，記憶住了我的心事。

03 旅人的親密夥伴

這幾年我忽然有個怪癖，每當旅行結束後，我總是不會立刻把行李箱收進置物櫃裡。我習慣把行李箱攤開，放在書房的榻榻米上，每天只從箱子裡挑幾樣東西取出歸位。

網路上流傳過一段影片，有人拍下世界各國機場的工作人員，如何將行李箱從飛機上卸貨的過程。看到那影片才知道，每出國一次，行李箱沒壞都是好運。有些地方的機場員工真粗暴，行李箱是直接從半空中甩到地面的，帶著滿滿的仇恨，發洩對人生的不滿。

忘了從哪一年開始，日本機場的行李轉盤上，每一件行李箱都會被員工調整好姿勢，運輸帶上不再出現疊羅漢的景象，行李箱乖乖地整隊排列，好整以暇等待著主人相認。每一件行李的提把都會轉向旅客，方便大家取出行李，實在體貼。台灣的機場後來也學習到了這一點，讓人感動，所以後來進出日台兩地的機場，領行李時都不再有慌亂焦躁的情緒。

新冠肺炎疫情爆發後，我除了回過一次台灣之外，跟所有人一樣都暫停海外旅遊。最近，我終於又推著行李箱出國了，重返睽違三年的曼谷。在素萬那普機場的行李轉盤上，看見行李箱現身的剎那，它彷彿沐浴在聖光的聚焦下，我差點熱淚盈眶。

「對嘛，這才是屬於你的位置！你就是應該出現在世界各地的行李轉盤上才對，不是被塵封在家裡的置物櫃啊！」

我一邊取下行李，一邊在心中吶喊。

拍了行李轉盤區的照片發給朋友，一個朋友打趣說：「行李轉盤是什麼？飛機又是什麼？我早就忘光了啦！」另一個朋友則回我：「最近打開衣櫃看見行李箱，都會愣一下，接著就想點播一首〈最熟悉的陌生人〉……」

疫情害人不淺，大家都悶到傻了。

放在家裡的行李箱，成為這幾年最觸景傷情的物件之一。

說起行李箱，在不用的時候，它的存在確實很微妙。尤其是大行李箱，你非得在家裡特地騰出一個地方來收納，而且它被擺在那兒，除了占掉空間以外，幾乎就沒其他作用。比較好的再利用方式，是把雜物或毯子之類的東西收到大行李箱，當作一個收納箱用。

看過幾個日本朋友，單身套房空間狹小，床下擺滿東西，行李箱實在無處可躲，最後乾脆直接平擺在地上，鋪塊布，變成桌子來用。但說真的，那只是不得不的將就而已，其實並不好用。

曾經動念買個高級一點的行李箱，但後來覺得行李箱就是消耗品，耐用就好，不用買到太昂貴的。用太好的，常聽說在機場會被整個偷走。還聽說有些地方的機場員工，運送行李時看見愈是名牌的行李箱，對待的方式愈是粗暴。

我現在有兩個行李箱，一大一小，都是無印良品的。小的是登機箱，平常在日本國內短時間出差時用，大的則是適合長時間的遠遊。登機箱的大小剛好可以塞進大的行李箱，所以收納時算是有效利用空間。

在我的書房裡有一個非常寬闊的收納櫃，大行李箱剛剛好可以立著推進去。當初來看房子時，注意到那個收納櫃就覺得很加分。想到此後行李箱有它的好歸宿，感到心安。畢竟一個喜歡出國旅遊的人，可以沒有旅伴，但不能沒有行李箱。行李箱是旅人的親密夥伴，怎能不好好善待它呢？總之，租房子、買房子和添購家具時，一個常旅行的人，總得考慮到行李箱該放在哪裡。

旅行前什麼時間點把行李箱拿出來，旅行後什麼時候把行李箱收起來，多多少少反映出一個人的個性。這幾年我忽然有個怪癖，每當旅行結束後，我總是不會立刻把行李箱收進置物櫃裡。我習慣把行李箱攤開，放在書房的榻榻米上，每天只從箱子裡挑幾樣東西取出歸位。這種方式整理下來，等到把行李箱內的東西全部清乾淨時，居然已過了一個星期。要是跟我同居的人應該會很受不了我，覺得我懶吧，但是我喜歡這種感覺，那讓我覺得我彷彿還在路上，旅行仍存在著餘韻，氣氛多延續了一週。

行李箱因有目的地而存在，有出發的起點，就有結束的終點。

日本藝術家塩田千春有一項名為《集聚——找尋目的地》的作品，她將許多大大小小的行李箱用紅線吊起來，讓它們漂浮在半空中，緩緩地自轉。這些行李箱要去哪裡？身後的主人又是過著怎樣的生活？行李箱真正塞滿的東西，是旅人的情緒。

「人們離鄉背井只因心中有著想要前往的所在。」

塩田千春解釋創作動機時，曾經這麼說過。

過去的十幾年，我來到了我心中想前往的所在，然而下一個十年呢？

拎著行李箱往返曼谷和東京的我，飛過台灣的上空，暫時還找不到答案。

04

世上少有無可替代的事

想起以前印表機是必備的周邊產品，結果現在這麼沒地位，不知道它有沒有想過自己會淪落到這一步，得跟室內電話同病相憐。

這幾天，剛換新桌機的朋友想買印表機，發訊息問我有什麼推薦的品牌嗎？我忽然在想，現在好像很少人家裡有印表機了吧？但走一趟家電賣場，很奇怪的是賣印表機的展示台上，永遠都有著五花八門的新機型。

在日本有些情況，處理事情時對方依然會希望你把文件給列印出來，而不能只是出示手機螢幕，所以大概還是有此需求。不過，如果真需要列印時，去超商印就好了。以前有一陣子銷售印表機的主打用途，是列印照片和「年賀狀」，但現在大家也不寫賀年卡了，想印照片時去家電賣場也有機器可印，家用印表機真的可有可無。

話雖如此，我家一直還是有印表機。從前有一台舊的壞了，丟掉以後想說現在很少會用到，沒打算再買，結果後來發現需要用到掃描、影印或列印的機會，比想像中來得多。每次要弄就得跑下樓去超商，實在麻煩。因為懶，最後又買了一台。

幾年前購入現在用的這台「brother」複合式事務機，當時真是大開眼界。原來現在的印表機這麼進步了啊！不用接線電腦，甚至也不必開電腦，一切靠無線，如果資料在手機上有儲存，用 iPhone 直接就能印。掃描文件也好方便，全部自動儲存到雲端空間，在哪個裝置上都能隨時取用。

前陣子為辦理某個證件，跑了一趟日本的公家機關。去以前先在官網下載列印要填寫的申請書，一共有兩面內容的文件，正常來說應該就是會印成兩張紙，結果，公司的電腦和印表機很任性，無論怎麼調整，永遠都自動印在同一張紙上，變成雙面印刷。

搞了很久都是這樣，最後只好放棄。我重新看了一下申請書，內容是延續的，也就是第一頁要填寫的內容未完，繼續寫到下一頁，所以其實印在同一張紙上也滿合理。而且對申辦人員來說或許更方便，直接翻過來看就好，不容易搞丟其中一張，增加風險。我還特地到官網上去確認，上面沒有註明非得分開印成兩張紙。好，那麼這樣應該沒問題吧，我想，而且現在不都要講究環保嗎？雙面印刷確實比較環保，政府機關應該率先提倡。

結果送件時被櫃檯退件了。原因就是，不能雙面印刷，必須分成兩張紙列印。

「用意是什麼呢？」雖然我最初確實是打算印成兩張紙的，但現在被退件的理由讓我傻眼，突然覺得想要捍衛雙面印刷了。我忍不住請教對方：「同一份內容翻頁過來看不是比較方便嗎？一定得分開成兩張印的用意是什麼呢？」

當你對官僚體系拋出挑戰他們邏輯的問題時，就得知道你問了也是白問，因為他們也只是受理文件的僱員罷了，最後終極的回應方式就是無限循環的跳針。

「不好意思，必須分成兩張紙列印。」

說不好意思其實也不是真的不好意思，反正只是個習慣用語。我想我也不必再追問：「你們網站上又沒寫清楚啊！」反正我們有求於人，就是得聽話。我只好回公司，想辦法重新弄一份，隔天又再大老遠風塵僕僕跑一趟。

幫朋友找印表機，上網查資料，比較列印品質與功能時，看見「兩面印刷」這個日文詞，想起去公家機關的這件事。

公司裡印表機還是不能缺少的，但家裡真的不太需要了。想起以前學生時代，大家剛開始擁有個人電腦時，印表機絕對是必備的周邊產品，結果現在變得這麼沒地位，不知道它有沒有想過自己會淪落到這一步，得跟室內電話同病相憐。

世間上少有無可替代這種事。真的不要覺得自己是多重要，非你不可。所有在浪頭上的，風一轉向，就會沉入海裡。

05 榻榻米房

這間榻榻米房，我一直懷疑當它成為客房時，帶有某種不可解釋的力量。在這裡睡過的訪客們，有八成的人曾跟我說過同樣的一句話：「很好睡。」

我家有兩個房間，一間是臥房，另一間是書房。書房除了放書架以外，還有內建兩個大儲藏櫃，用來收納棉被、行李箱、乾貨存糧等雜物。

說是書房，其實也不盡然只是書房而已，這裡同時也是我的運動間，所以我會在這裡練瑜伽（遠望曾經很勤奮的當時），還擺放了一輛健身車。從前會去健身房，但後來有自知之明，每次去只是跑步或踩健身車罷了，實在太浪費錢，最後決定買一輛健身車在家踩。

公司的社長來過我家，看到那台健身車時說他家也有一輛。他問我，真的有在踩嗎？我回答有啊。他聽了，露出一股過來人的眼神。

「過一年就會變成曬衣架，然後再過兩年就會變成大型垃圾了。」

「我會每天踩的！」我充滿信心地反駁。

「所有買健身車的人都會說這句話，」他用一種惡魔的口吻誘導著：「試試看嘛，你烘乾衣服時可以試試，掛被單床單特別好用……呵呵。」

在那之後，社長時不時突然就會故意戳一下。

「健身車還沒變成大型垃圾嗎？」

不得不說他的激將法真有幾分效果，我就衝著他那句話，從未放棄過。

疫情前，家人至親常到訪東京，這間書房兼運動間就會挪用作為客房。在那段時間，我幾乎都不會踏入。所以到底該說這間房間是什麼房呢？因為多目的性而難以定義，姑且就叫它「多功能空間」好了。不過由於鋪了榻榻米，所以後來習慣就稱呼它為「榻榻米房」。

最初我來看房子時，走進這個小房間，腦海中就浮現出它未來鋪上榻榻米的景象。總覺得家裡如果有兩個以上的房間，其中一間若不放床，就會想要鋪上榻榻米。傳統的榻榻米裝潢是釘死的，一旦要換很麻煩。而我的榻榻米房用的其實只是榻榻米墊，隨時可以搬移，方便很多。網路上訂購時還可客製化裁切尺寸，很貼心。現在的榻榻米款式應該是更琳琅滿目了，許多還標榜防水材質，解決了以前總覺得遇水或潮溼就容易發霉的困境。

話說這間榻榻米房，我一直懷疑當它成為客房時，帶有某種不可解釋的力量。

在這裡睡過的訪客們，有八成的人曾跟我說過同樣的一句話：「很好睡。」

他們都覺得在我家睡得比平常更沉更久。

我的高中好友敏華算是箇中翹楚。她第一次睡在榻榻米房的那晚，竟一直睡到隔天傍晚。因為實在睡太久了，我有點擔心，一度曾想破門確認安危。後來發現，她每次來我家的第一晚都是這樣，我就放心了。

工作太忙的敏華，說她是來榻榻米房補眠的，而其他的摯友們也各自在榻榻米房找到了新的人生。比如某位詩人主編，平常總告訴我他很遲睡，會失眠，但每次來我家睡在榻榻米房時，其實他睡得都比我久。

說到這裡，不免擔心是否日後會有太多認識的人來東京時，都想嘗試住住看我家呢？老實說那確實會挺困擾。所以請容許我在此官宣，能入住榻榻米房的貴賓除了家人以外，截至目前為止，都是認識超過十年以上的摯友。至於「摯友」的定義為何呢？很微妙。我只能說，摯友都是懂得讀空氣的，不會主動要求，而是等候我的邀請，那就對了。

我媽也覺得榻榻米房好睡，住在我家時，她常說被子好輕好暖，房間好安靜。

我們從小認識的鄰居，也是我媽的好友安媽媽過世後的幾個月，我媽來東京旅遊。某一天早上，我媽起床走出榻榻米房時，她哽咽地告訴我，夢見了安媽媽。

「我夢到我跟社區裡的一大群人去旅行。在參觀完某個景點以後，大家回到遊覽車出發時，卻發現安媽媽沒有上車，不見了。車要開了，她一直沒回來。」

我安慰她，安媽媽沒有不見，只是先轉車去了另一個再也沒有病痛的地方。

我媽落下淚，點點頭，相信了這樣的說法。

榻榻米房釋放了她那些日子以來壓抑的憂傷。

06

洋派日系生活

原來從小到大，看似過著受我爸影響的洋派生活，可實際上真正潛移默化我身心靈的日常飲食，早就在我媽的調味下偏向日系了。

在東京購入了一間中古屋，新住處比舊居多出一個房間，我鋪上榻榻米，平常拿來當作書房和放健身車運動，每逢家人和朋友到訪時就變成客房。

這個榻榻米房因管線配置之故，無法裝設分離式冷氣，只能容下直立式的窗型機。去家電賣場尋找一圈以後，才發現在日本已經很少有賣窗型冷氣了。好不容易終於找著，可惜選擇款項少，而且因為沒什麼銷售競爭力，價錢意外地不便宜。但別無選擇，最終仍決定買下。

安安靜靜的分離式冷氣機，用久了，完全忘記嵌入窗戶上的冷氣是多麼地吵。師傅來裝冷氣的那一天，完工後欲開啟試用。

「準備好了嗎？」師傅問我，而我卻忽地因為這句話陷入莫名的怔忡。怎麼回事？直到當開啟電源的剎那，我才明白。

所有關於戰鬥機的記憶，瞬間甦醒。

冷氣機與戰鬥機，風馬牛不相及，但小時候在我家指的卻是同一樣東西。

那是一台裝在我們家客廳，遠從中東海運而來的窗型冷氣機。

每當要開啟冷氣以前，負責按鈕的姊姊就會慎重其事地警告大家：「準備好了嗎？」一見大家點頭如搗蒜，看到我摀好耳朵以後，姊姊會深呼吸一口氣，露出期待又害怕的複雜表情，小心翼翼地將手放到按鈕上。

「那，要開囉？」再次確認一回，我們也做好了萬全的準備。然後，在所有人屏息以待卻不知道她會在哪一秒鐘壓下按鈕的某個瞬間，冷氣機正式啟動。

「砰—轟隆—轟隆隆—喀喀喀喀——」

冷氣機開啟的瞬間，倏地以劃破天際的噪音，拉出不可思議的巨大聲響，同時把周圍的門窗震動得恍若大震來襲似的，喀啦喀啦地抖個不停。混雜著家裡四個小孩「好大聲呀！」的叫囂，客廳如戰場。

因此，小時候在我們家裡，冷氣機和戰鬥機是同一樣東西。每當要開冷氣時，就像是有一台戰鬥機從我家客廳裡霸氣起飛。

不過沒有人討厭它。那個年代的台灣，只要餐廳和理髮院裡有裝冷氣的話，老闆常會在門口玻璃上寫出「冷氣開放」四個大字作為吸引客人的優勢。冷氣機還是個奢侈品，能夠在家裡就舒舒服服吹到冷氣已值得感恩。

家裡雖然有冷氣，也並非熱了想開就能開。我們家的冷氣機條款規定，一家六口必須有一半以上的成員都在家才能開。每當能開冷氣的那一夜，全家人都會擠到客廳裡打地鋪睡。像是在家裡露營的熱鬧感，比起吹冷氣本身來說，更令年幼的我感到興奮與期待。

冷氣機是我爸從沙烏地阿拉伯海運回台的，時間是一九七〇年代中期。台灣和沙烏地阿拉伯當時尚有邦交，在國家安全局上班又轉調外交部的父親，曾經幾度被派到沙國的吉達辦事處工作，每次都待了兩年。那台冷氣機是他當時在沙國住處買來用的，當他搬回台灣時，把一些當時台灣還很少見的家用品、波斯地毯與電器都海運回台，冷氣機也一併遠渡重洋而來。

戰鬥機型冷氣機一直到我上小學搬家以前，每年夏天，都在我們家人的行注目禮之中，一次次任重道遠地起飛與降落。

出生在一九七六年秋季的我，老家位於新北市中和區的一處末代眷村裡。現在的位置就是在景安捷運站附近。直至五歲左右，我都住在這兒的一戶矮平房中，直到社區改建才搬離。

我的三個姊姊年紀長我許多，她們待在眷村的時間久，情感與記憶都比我來得深。眷村拆建後，我們搬到隔壁巷的公寓裡。還沒來得及熟悉新環境，六歲開始，早讀的我便開始跨區就學，每天一個人搭公車來往萬華，然後在又那一帶念完國中。所有熟識的同學全住在學校附近，回到中和住家的我，四周全無玩伴。我只好自己跟自己玩起來，一人分飾多角，自己跟自己下象棋，跳棋也沒問題。

所幸多重人格沒誤用，後來變成寫小說。常有人問我為什麼開始寫作？我都不好意思說，其實只是因為從小沒朋友而已。

高中三年在外住校，緊接著大學和就業以後，生活重心都放在台北市區，然後一晃眼，人已久居在日本。

我所認識的眷村，已經和許多作家筆下所描寫的環境很不同了。末代眷村裡的居民早就不只是外省人而已，來自各個地方族群的人匯聚在此。每一戶家庭背景不同，過日子的方式也不一樣。父親是年輕時移居而來的外省江蘇人，母親則是本省客家人，然而奇怪的是，我們家都不太有這兩邊的色彩。比起眷村裡的典型人家而言，我們的生活風格明顯是更洋派一些。

那可能是跟我父親多次外調異鄉工作有關。加上他在工作上結識的同事也多往返海外，他們經常進出我們家，總會帶來異鄉的禮物。因此除了那台冷氣機之外，小時候家裡用的東西、吃的零嘴和甜點，常常能見到出自於中東、曼谷（當年轉機必經之地）或美國等地，那些過去所謂的舶來品。

很多人都說童年環境會左右人一輩子，我也曾這麼相信著，甚至以為影響到我在大學和研究所都選念了英美文學系。

小時候耳濡目染著洋派生活，元素中找不到任何的東洋味，誰知道我活到三十歲卻突然來個大轉彎，整個人徹頭徹尾地變日系，而且移居到日本一住就超過十年。所以曾經在想，除了長大以後受到日劇、日本文學和流行文化的影響之外，是不是有更早的蛛絲馬跡？

後來，我終於從一份豬排飯，追本溯源地找到了理由。

事實上家裡始終有個很受日本影響，但前半輩子隱藏得很好，竟然都沒怎麼顯露出來的人，那個人就是我媽。

小時候，中和沒什麼可以逛街的地方（現在也沒有），當時我媽如果想帶我出門走走，會去的地方大致上只有三個，分別是南勢角興南夜市；鄰近的永和；搭車過河的台北城中市場、中華商場與西門町。

每次去西門町遇上用餐時分，如果那一天聽見我媽說：「今天，我們去吃好一點的吧！」那麼我就知道，我們要去的地方是大車輪日本料理。

我們去大車輪幾乎只會點一種主食，豬排便當。我媽非常愛吃日式豬排，而我對於和食中有豬排這道菜的最初印象，便是來自於此。

坐在迴轉壽司前的吧檯座位前，別人是引頸挑選生魚片，而我們則是低頭猛吃豬排便當。

外婆在日治時代受日本教育，曾在日本警察局工作，想必給予我媽的教育也是很日式的。在我媽十多歲時，被送到當時中壢最大的日本料理店寄宿工作，一句日文也不會說的她，卻把菜單上所有食物的日文名字都背得滾瓜爛熟。那其中，當然也包括了豬排。

多年後，當我第一次在日本吃到在地的美味豬排時，才發現真正的日式豬排，作法與大車輪賣的不一樣。當然，好吃得太多。不過，我猜想大車輪的豬排，或許跟我媽年少時打工的地方，賣的豬排口感相近吧。

那些年跟著她舟車勞頓地去西門町，在大車輪吃的每一口豬排，是飽足了她的回憶，也餵養著我對東京模樣的想像。

起先是在外頭的餐廳吃，後來，我媽也開始在家裡自己炸豬排。

這麼一路想下來，除了豬排以外，她經常在家烹飪給我吃的東西還包括了蛋包飯、咖哩飯，以及鍋燒烏龍麵。

咦，等一等，這豈不都是日本的家庭料理？

原來從小到大，我看似過著受我爸影響的洋派生活，可實際上真正潛移默化我身心靈的日常飲食，早就在我媽的調味下偏向日系了。

三十歲人生急轉彎的原因，細節居然藏在這裡。

夏天，母親跟外甥女和姊姊來東京玩，住在我家。明明可以分散到屋子裡的不同地方睡，不過她們似乎更喜歡擠在一起。

看著她們倒在榻榻米上的睡墊，有說有笑，討論著明天要去哪裡的時候，那畫面遙遠卻熟悉。

「哎呀，這次來還沒吃到豬排，一定要去吃！」我媽說。

「那有什麼問題。我又找到一間保證合你們口味的店了。」我點頭。

我不只對眷村不熟，事實上對中和也不太熟。真正熟稔的，大概只有我的家，和曾經一起同在屋簷下的家人而已。只要他們存在著，住哪裡都可以。

該睡了。我替他們開啟客房裡的窗型冷氣，頓時，玻璃與窗緣跟著壓縮機震動起來，喀啦喀啦地抖個不停。

雖然不是巨響的噪音，依然令我想起在中和的眷村平房裡，如今已不在人世間的父親，曾經帶來的那台戰鬥機。

飛過三十多年，彷彿又飛了回來，這一天，降落在東京的小房間裡。

07 好習慣、壞習慣

另一個角度來看有點可愛，另一種解釋就是怪癖。那些怪癖累積著，倒也就形塑出獨有的性格了，有人不喜歡，但總也有人愛。

明明計畫要讀的書還有一堆，常常忍不住又買了新書。一本書插隊另一本書，待讀書單的隊伍愈拉愈長。這真是個壞習慣。但是換個角度，站在出版業的立場，有人不斷買書絕對是個好習慣，所以我也就再三原諒自己了。

黃金週假期又插隊買了書，是日本劇作家坂元裕二所寫的《離婚萬歲》（最高の離婚）。一套上下冊，每冊都厚達四百頁左右，將正篇和特別篇共十一集的腳本全文收錄。我很少買劇本，上一次買，可能是十幾年前倉本聰寫的《料亭小廚師》（拝啟、父上樣）。

劇本和小說很不同，小說靠作家的文字敘述堆疊氣氛，探究人物的內心思索，對話多寡端看作家喜好而決定；而劇本則是一幕幕切割分段，通常有大量的台詞及簡單的場景設定，內心戲基本上是靠演員去表演的，文字上看不太到。比起其他劇作家來說，坂元裕二的腳本算是寫得比較詳細的。轉場時對於每一個場景中的空間環境、身處在那裡的人（或動物或植物）都有挺詳細的描述，畫面感很足。重要的台詞前後，角色的動作及情緒敘述也相對多一些。所以讀坂元裕二的腳本，有時也接近於看小說。

二〇一三年播出的這齣《離婚萬歲》，雖然一晃眼已經過了這麼多年，但依然是我「此生必看日劇」的清單之一。在那麼久以後才突然買下這齣戲的劇本，卻是因為看了另一齣坂元寫的當季日劇《大豆田永久子與三個前夫》。

這齣新戲維持了坂元的劇本特質，故事幽默，對話詼諧，「金句」層出不窮，以松隆子為首的演員群也各個討喜，但我不知怎麼一邊看卻一邊懷念起《離婚萬歲》。可能是因為《大豆田》裡岡田將生飾演的中村慎森，碎碎念的「人設」實在太像《離婚》中瑛太所飾演的角色濱崎光生了。有趣是有趣，但說實在重疊影子也不小，所以不免令我想念起那齣戲。於是決定重溫，而且這一次不看劇，要專注在台詞上，從劇本開始。

很多人愛坂元裕二的戲，是愛他台詞中常冒出許多帶著人生啟示的金句。那些金句多半以大量的譬喻組成，通常是日常生活中幾個毫不相干的物件，坂元讓它們湊在一起，給了意義，話鋒一轉，借喻人生。《大豆田》看了幾集以後，同時又開始讀起《離婚》的劇本，我覺得金句的使用比重、時機和自然度，在《離婚》中還是最恰當的，而《大豆田》則有點過度刻意。

在看《大豆田》以前，把去年超愛的韓劇《機智醫生生活》重看了一次，然後又陸續追看幕後製作花絮。《機智》的劇作家李祐汀寫過《請回答》系列，我覺得她對於平凡日常生活的細膩觀察，反映在一鏡到底超長的台詞上，瑣碎但妙語如珠的特色，是跟坂元裕二的都會喜劇《離婚》、《四重奏》和《大豆田》的架構有點相似的。

我前前後後觀看這些戲劇，看作家筆下的對話，喜歡上故事人物以後，發覺無論是坂元裕二或李祐汀，他們對於人設都很喜歡突顯一些日常中的壞習慣。當然那些壞習慣多是無傷大雅的，從另一個角度來看甚至有點可愛，另一種解釋就是怪癖。那些怪癖累積著，倒也就形塑出獨有的性格了，有人不喜歡，但總也有人愛。

曾經發生過好幾次，我在洗澡時因為分神去想一篇文章要怎麼寫，忘記我到底洗過頭了沒，最後只好當作沒洗就再洗一次。

洗澡那麼不專心，顯然是個必須改掉的壞習慣。但，只不過是多洗了一次頭，卻能寫出一篇好文章，若以孕育靈感的方式來說，其實是個CP值很高的創作好習慣？

把壞習慣當成好習慣，所以我也就再三原諒自己了。

08

呼吸練習

讀到谷川俊太郎的詩作〈息〉，很是喜歡。幾個段落的開頭寫著，風在呼吸；蟲在呼吸；星星在呼吸；人在呼吸。萬物，原來都在呼吸，用自己的形式進行……

整理榻榻米房的書櫃時，翻出了《呼吸的書》這本書，想起了一些往事。

幾年前，我的健康狀態出了些小狀況。到醫院的身心科檢診，醫生說，以我的工作量和生活狀態來說，應該早就崩盤了才對，會拖到現在才來看診，已經很令他驚訝。醫生告訴我，我是自律神經失調。

自律神經失調，說病不是病，說不是病也是病。總之，除了藥物治療以外，主要還是得靠自己改善生活作息和個性才行。其中一個最重要的訓練，就是呼吸。

呼吸有啥了不起的，活著不是就在呼吸嗎？哪需要練習？原來自律神經失調的人，因為過度緊繃、不自覺的壓力與自我強迫，呼吸和心跳頻率可能都是亂的。必須藉由好好的呼吸，在有意識的吐納之間，讓身心放鬆下來。

我確實呼吸一向很淺，而且因為過敏容易鼻塞的關係，大半時間都用嘴巴呼吸。長年累積下來，呼吸沒有經過正常管道進行，也沒有徹底，於是對身心產生負面影響，似乎也挺有說服力的。

看著一台機器，隨著螢幕上膨脹又縮小的圖形，練習拉長時間的吸氣、吐氣，是所有自律神經專科裡必備的呼吸練習療程。

呼吸練習跟深呼吸不同。深呼吸多半著重在慢慢地吸氣，但鮮少人會在意吐氣的過程。吐氣的時間總是過短，換句話說，氣還沒有吐到底，又呼吸了。而自律神經科要我們練習的，是花更時間去吐氣，慢慢地吐，吐到徹底，並且在吐氣時訓練放空的過程。跟練瑜伽時的呼吸很類似，又或者根本就是佛家打禪的精神，總之就是意識著自己的呼吸，吸氣讓空氣充滿自己，吐氣把不愉快的煩惱全部散盡。

經過一段時間以後，我的狀況已經恢復良好，不必再去醫院複診了，但依舊每天會刻意定時地進行呼吸練習。

幾年前，逛MUJI書店時，買了一本詩人谷川俊太郎和標榜「呼吸老師」的加藤俊朗所共著的《呼吸的書》。

一打開書，就讀到谷川俊太郎的詩作〈息〉，很是喜歡。

幾個段落的開頭寫著，風在呼吸；蟲在呼吸；星星在呼吸；人在呼吸。萬物，原來都在呼吸，用自己的形式進行。兩個人聊起許多關於呼吸跟身心、人生、自然甚至宇宙之間的關係，把「呼吸」這件事提升到一個更高更深的層次。

呼吸是生命的基本哪，沒有了呼吸哪能活下去？因為與生俱來，所以被我們視為理所當然而輕視了。我們確實應該，好好地對待呼吸這件事情才是。

日文裡有「呼吸」這兩個漢字，不過更常用的是「息」（いき）這個詞。有趣的是，「息」的發音跟「活著」（生き）相同，都是念作「ｉｋｉ」，而且又跟行走的名詞「行き」同音。

到底是巧合還是當初轉借漢字的刻意呢？讓呼吸（氣息）跟活著與前行，竟有了如此巧妙的聯結。

好好地呼吸吧！吸收有營養的事物，吐去不必要的煩憂，然後好好睡去。

有意識地呼吸，有意識地活著，於是，我們才能有意識地，繼續前行。

09 書桌上的蘋果

漸漸的，旅行的時候，蒐集各地的 Apple Store 成為我的樂事之一。世界上去過的 Apple Store 當中，我對東京銀座店最富感情。

臥房裡書桌上的那台 iMac 已經用了超過十年。嚷嚷了好幾次，說該換新的了，但其實它仍老當益壯，平常拿來寫稿、上網是一點問題也沒有。只是軟體已經無法更新，漸漸地開始不支援許多新的應用程式。好像真的得換了吧？卻又感到有點可惜。畢竟用了這麼久，很有感情。

回想起我的「果粉」資歷，迄今超過二十幾年。最先與蘋果結下不解之緣的，是第一台筆記型電腦。那一年是二〇〇一年。當時筆電的普及率沒像現在這麼高，雖然想要，可始終缺乏正當理由。後來，為了期許自己多寫稿，去到哪裡都能寫，於是找來「工欲善其事必先利其器」的藉口來催眠自己。

剛開始完全沒想到蘋果電腦的存在。尋訪許多的電腦專賣店，內心雖有幾個候選，但始終沒有特別心動的外形。等等，買電腦不是要看效能才對嗎？理論上我也是明白的，但情感上還是難以逃脫天秤座「外貌協會會長」的魔咒。畢竟，光看造形就沒興趣了，實在很難愛不釋手。不愛的話，我要怎麼全神貫注抱著它投入寫作呢？

幾天後去誠品敦南店，經過當時一樓有間蘋果電腦經銷商時，忽然才想到這世界還有一個電腦品牌叫蘋果。我突然被陳列台上的 iBook 筆電給吸引住目光了。純白帶著透明的色澤，流線形的極簡造型，真的好美！看著店員操作，整個螢幕介面的設計也太可愛了吧！可是，電腦用的系統與慣用的微軟視窗全然迥異。蘋果的麥金塔系統，我完全不懂，這一點令人卻步。

店員細心解釋，蘋果電腦很容易上手，而且我最常用的 Word 也有 Mac 版本，當下解決了我的擔憂。那一天「刻意」空手回家，藉以假裝自己夠理智，然後沒過兩天我就堂堂正正地去把iBook買回家了。

二〇〇一年秋天，蘋果發售第一世代iPod。那時候MP3數位隨身聽還不流行，iPod作為純聽音樂的播放器，銷售乏人問津。我因為用了iBook以後，開始對蘋果的各式商品充滿濃厚的興趣，於是禁不住誘惑去買了。當時周遭的朋友都不知道這是什麼，我逢人詢問就解說，台詞熟練到簡直可以去當銷售員。

我所購買的第二世代iPod（二〇〇二年生產）非常珍貴。首先它是現在不可能存在的Made in Taiwan台灣製造機種，再者是它背面光亮亮的銀鋁材質，來自於日本新潟縣燕三條地區的「鏡面打磨加工」工廠。據說是Steve Jobs親自挑選的，當年他認為想要的品質，只有日本新潟縣的金屬加工職人才能辦到。

iBook用了好一陣子以後，決定把家裡桌上型PC微軟系統的拼裝電腦也替換掉。二〇〇三年我買了一體成型蘋果桌機iMac。當年的iMac跟現在的造型不同，主機和螢幕中間，只用一根可動式圓柱支撐，外形特殊，被業界暱稱為向日葵或檯燈機種，創下了工藝設計的里程碑。這台電腦現在放在台北的家裡，直到我二〇〇八年搬到日本前都一直在用。雖然現在回台北，都是帶筆電回去用了，很少開機，但還是捨不得丟。就是放在桌上有紀念價值，當個裝置藝術也過癮。

擁有 iBook、iMac 和 iPod，正式揭開了我的「果粉」追尋之旅。之後的數十年間，大概只要蘋果有出品新的玩意兒，八、九成都會入手。

面對蘋果，有時候覺得自己還滿沒骨氣的。iPhone 剛推出時，我的好友問我何時會買？我斬釘截鐵告訴他，我不會買。因為特地在日本生活，當然要用日劇裡常常出現的那種折疊式日本手機！日本手機這麼漂亮，選一款有個性的來用，幹嘛要用跟大家一樣的東西？結果，等到 iPhone 在日本正式上市，我買得比誰都快。Apple Watch 也是。推出時，我好友又問，何時會戴在手上？我說，已經有 iPhone 看時間了，早就不習慣戴手錶，畫蛇添足，不會買。結果，我又是我們這群朋友圈裡，第一個戴起 Apple Watch 的人。

二〇一九年蘋果出的ＡＩ智慧型音箱HomePod，當然，我也入手了，而且大小兩款都有。HomePod mini兩台，分別放在臥房和榻榻米房；大台HomePod則放客廳的層架上。大台論音效而言，還是比mini的好得太多了。

許多人在旅途上，都會冒出一種旁人難以理解，但也不求他人理解的執著。其中一個是無論去到世界上哪個國家，心中總有一個必去「踩點」的地方。踩點類型多采多姿，而我是Apple Store蘋果直營店。只要是那座城市有蘋果公司直營的Apple Store，我就會忍不住繞過去看一看。

為了要買什麼嗎？並沒有。該有的都有了。每一間蘋果商店有迥異的建築造形嗎？其實也沒有。基本上每間店面的設計都大同小異。那麼，肯定是像星巴克一樣，有販賣該店才有的限定商品吧？呃，真不好意思，這部分也沒包括。

那到底為什麼要去呢？我的朋友常滿懷好奇地問我，而我那一連串不太有說服力的回答，總令他們不太滿意。

然而這世界上瘋狂的愛，大抵都不是用理智所能說清的吧？所以理由很簡單，就是我愛去，我想去，就算不買什麼也不做什麼，只要走進店裡晃一晃，就覺得神清氣爽，正面能量爆表。

漸漸的，旅行的時候，蒐集各地的 Apple Store 成為我的樂事之一。世界上去過的 Apple Store 當中，我對東京銀座店最富感情。銀座店是美國本土以外，海外第一間直營店，開幕於二〇〇三年，同時也是我第一間踏進的蘋果直營店。

十多年前跟媽媽來東京旅遊，受姊姊之託，在銀座尋找一間鞋店。那年代沒 Google Maps，找了半天都未果。最後腳步停在銀座店前，只好拿著紙上抄寫的店家資訊，詢問在店門前等人的陌生女子。當時根本不會講日文，只能用英文，對方英文不好，卻仍努力幫忙，打電話向商家確認地點，甚至最後乾脆直接帶我們去，相當感人。

現在經過那間蘋果銀座店，還是會想起這件事。我不知道她是誰，當然也不記得她的長相，但陌生人的好意，卻一直留存在心底，提醒我，每當有陌生人向我求援時，也不該冷漠拒絕。

台北是在最近這幾年，才終於擁有了 Apple Store 直營店。每次回台北時，逛街若逛到那兒，也會繞進去走走。

在信義區的兩間蘋果直營店之間，那一帶在我離開台北後變化得很多。從前叫做「紐約．紐約」而現在稱為「Att for Fun」的後面，一樓曾有間咖啡店，平日晚上沒什麼人，十幾年前，我常抱著我的 iBook，下班後窩在這裡。

那時候的我生活圈狹窄，絕少飯局，沒什麼朋友。下班後若還不想回家，除了到健身房運動，常不知道該晃蕩去哪裡。我有點寂寞，想要有一些懂我的人陪我，但是我沒有。我只能面對我的蘋果，創造出一群人，跟我活在同一座台北城，讓他們過得比我好、過得比我不孤單。我想要陪伴他們也想要他們陪伴我，所以開始寫了長篇小說。

到底為何如此在意蘋果呢？仔細想想，說不定正是因為那段日子，一起經歷過患難與共的革命情感吧。

5

chapter

全室空間——想念在哪裡，我的鄉愁和家就在那裡

01 屬於我的房子

於是，推開一扇門，我開始想像生活在這裡的自己。會在這裡看電視、在那裡擺上電腦桌寫稿子、會在陽台上看天光，說不定還能在除夕夜裡，聽見不遠處的神社，傳來新年快樂的鐘聲……

因為一則長遠的構想，偶然的念頭，恰當的契機，最後再加上付諸實現的行動力，我忽然在東京擁有了一個不是借來的，而是屬於自己的，真正的家。

早在還沒有來東京之前，與我同輩的朋友們，接近或者步入三十歲以後，不少人就開始慢慢構思買房的計畫，打造一個貼近自己理想生活的居住空間。我從小就一直住在家裡，並不覺得和家人同在屋簷下有什麼不好，非要搬出去不可。只是那幾年，分享著朋友們「成家」的喜悅時，也想像著如果可以從零開始，設計出一個自己喜歡的房子，在這裡生活，甚至結合起工作的場域，那麼生命裡許多新的感受和動力，或許便能從這個嶄新的空間中滋生而出。

可是，當時的我因為令人卻步的台北房價以及人生的計畫，終究選擇了將買房的預算，挪用作為日本留學的基金。於是，就在我來到東京展開一個人的生活之際，縱使當時的房子是租賃的，也終於嘗到了一點打造理想生活環境的入門滋味。

來到日本的許多年後，以為距離當初買房子的構想愈來愈遙遠了，沒想到卻在天時地利人和之中，再次靠近了，並且接觸到了它。

從前在台灣，我連租房子的經驗都沒有，更別說是買房子了，而且還是在國外。對日本買房流程和不動產的現況，一無所知的我，真的就是一如當初我對「成家」的想像那樣，從零開始，走進東京中古屋買賣的世界。

在日本社長熱心的幫忙下，首先根據我的預算，以及我希望居住的區域，開始在許多不同的中古屋購屋網站上，初步查詢符合條件的屋子。然而萬事起頭難，就在開始看購屋網站之後，許多細節的考慮，或者當初沒想到的問題，就一一浮現出來。當然，還包括了我猶豫起來時，擺盪的決定。

真的要在東京買房子嗎？先別管是否能找到好的物件。如果真的買了，我便是個背起房貸的人了。誰能保證我的工作是否順利呢？萬一沒有了工作，我也就無法繼續待在日本，那麼貸款和房子該怎麼辦？

在正式進入篩選出恰當的物件，進行看房的流程之前，便上演著如此糾葛的內心戲。接著忽然想到，當年決定來日本留學之前，不也是考慮過很多嗎？考慮周詳是絕對正確的，但若是因為想得太多而不給自己一次機會，那麼我永遠也不會展開新的人生階段了。

「等到什麼時候才做？就是現在啊！」日本很流行的一句廣告台詞，在我猶豫之際，突然在電視上再次播送。那一刻，我知道其實我所擔心的，都有被解決的可能。只有踏出第一步，家的想像，才能成真。

在東京置產的想法成形以後，接下來就是付諸實現了。然而，所有超乎想像的繁瑣過程也就在此刻開始，一關關擋在我的面前。

首先是決定區域的問題。住了多年的地方早已熟悉，生活機能也算便利，是不是就買在這一帶最簡單呢？然而，在跟許多擁有買房經驗的日本前輩和台灣朋友討論以後，得到一個結論。那就是如果是自己買來住，那倒無所謂，但要是日後考慮到出租或轉賣，地點就是個問題。地點不夠好，那麼屆時銀行貸款時，錢也貸不高。

東京看似交通網繁密，可是哪一條地鐵聯結比較多的轉乘線路，以及可以去到哪裡，就決定了線路的價值，以及不動產的身價。仔細想想，好不容易買了房子，當然要盡量買到更便利的地方才對呀！況且趁此轉換一個全新的環境，也能為生活帶來一番新氣象。所以，很快地，我便決定了離開原來的生活圈。

掌握「從便利的地鐵線路來考量物件地點」之關鍵，接下來就是問自己，東京生活多年來，我到底喜歡哪些地方？以及什麼樣的生活圈是我想要的？這麼一想以後，內心小劇場就開始上演了。當時剛看完瑛太主演的日劇《最棒的離婚》，立刻想到的就是一直以來很喜歡的目黑川一帶。每年四月，溪川兩側開滿櫻花，加上附近很多時尚的咖啡館與店家，這裡儼然成為東京二、三十世代所嚮往的居住地。尤其是東橫線，還能到代官山、澀谷等地，沿線都是人氣景點。

只是當我開始找起這一帶的物件，並實際看房以後，發現這一帶房價高，若在預算內的房子，坪數都非常小。稍微空間大一點的，又不符合期望的屋齡條件，於是最後也決定放棄。

但這放棄倒不算妥協，也沒什麼遺憾。因為說真的，目黑川畔的櫻花一年不過也就開那一次嘛，而附近的店家雖然時尚，但會天天進去嗎？地段高級，物價必然也高。況且，我就是我，再怎麼繞著目黑川一百次，也不會變成瑛太哪！

像是喜歡的東西，甚至喜歡的人，有時候也不一定真的就要入手掌握。於是，在開始選定區域的過程中，我終於明白，喜歡的地方也許不一定就等同於適合居住的地方。找一個原本就喜歡的地方，不如去相遇一個會愈來愈喜歡的地方。

從未接觸過房地產的我，一開始天真地以為，買房子只要看房價的總額，再計算該準備的頭期款就好了，沒想到還有那麼多額外的支出。

從仲介費到支付貸款銀行的各式手續費，以及一堆搞不清楚明目的稅金，多則十幾萬日幣，小則一、兩萬日幣，看起來好像都不多，但全部加在一起就相當驚人了。最後還得加上搬家的費用，以及添購新家具的開銷。

始終對數字非常不拿手的我，居然有一天，幾乎在每晚睡前，都在盤算存摺裡的收支。雖然苦惱的時候不少，但所幸都找到了平衡的解決之道。回頭想想，對於我這個數學白痴來說，經過這一段日子，也可謂是扳回一城了吧。

這次買房的經驗中，再次感受到日本的專業精神與貼心服務，在房地產領域也表現無遺。例如，不動產商架設的物件搜尋網站，資料都非常齊全，依照主題的分類也十分豐富。像是有專門為單身女子規劃的適合女性居住的中古屋網站，或者會訪問住在當地的不同世代，談談他們在這裡生活的感覺。甚至還有對應智慧型手機的APP，一旦有符合條件的新物件更新時，手機螢幕就會立即跳出訊息視窗。

然而，即使網路如此方便，一口氣能蒐集到很多的口袋物件，但到最後仍是眼花撩亂。好像看這個不錯，但看到下一個又覺得也很好。到底該選擇哪個呢？擁有購物經驗的朋友或前輩告訴我：「其實當你一打開房屋的大門，你就會知道，這間房子是不是屬於你的了。」

聽起來好像很玄？一開始我不太明白。但當我離開網路資料，真正開始實際去看房子以後，終於了解。其實簡單來說，就是走進房子裡時，倘若能夠讓你感到「神清氣爽」就對了。任何一點點的妥協或缺陷都不行。這間房子要是不夠好，不要勉強，一定有更好的等你找尋。

站在一個讓自己感受到神清氣爽的屋子中，開始想像這個空蕩蕩的空間，現有的物品和未來準備添購的家具該怎麼擺設，而腦海中出現一張具體的構思圖時，那麼，這個物件多半就是所謂「屬於你」的房子。

於是，推開一扇門，我開始想像生活在這裡的自己。我會在這裡看電視；我會在那裡擺上電腦桌寫稿子；會在陽台上看天光，說不定還能在除夕夜裡，聽見不遠處的神社，傳來新年快樂的鐘聲……就這樣，推開門以後，轉眼間，我已經生活在這裡。

02

老屋拉皮手術

那一刻我才知道，原來房子好好保養，也跟人一樣，看起來會比實際年齡年輕許多的。

不知道從哪時候開始，老房子的外牆整修，開始借用整容的術語「拉皮」來形容。我覺得其實還滿有意思的。

拉皮不是為了變臉，而是讓垂老的外表又充滿光采，恍如新生。房子跟人都是有生命的。更精準地說，房子跟人是充滿互動性的。住的人怎麼對待它，它就會以怎麼樣的「健康狀態」來回饋你。相反的，房子呈現出什麼樣的健康狀態，其居住環境也會慢慢影響著住在裡面的人的身心狀態。

人要保養，得趁早開始，而且必須定期。過了中年才開始擦保養品，而且三天捕魚兩天曬網，怎麼說都有種大勢已去的預感。我想，房子也是如此。需要從新房開始就養成定期保養的習慣，才能永保建築的青春。

去年六月底搬到新家，才過了三個多月，就剛好趕上大樓的「大規模修繕」季節。外牆開始架起鷹架，鷹架外罩上一層黑紗，幾乎就吃掉了從六樓陽台望出去的整片天空。令我有點悵然。

在日本，管理完善的住宿大樓除了每個月會收管理費之外，還有一筆修繕金必須支付。並不是所有的房子都會要繳修繕金。沒有的話或許看似支出輕鬆，但有的話便代表管理公司能夠存一筆錢下來，有足夠預算替大樓做定期保養。特別是住戶數量多的地方，累積的基金更可觀，就能做更多的事了。

修繕有規模大小之分，小規模就是一般消耗性物品的汰舊換新，大規模就是替整座建築進行拉皮。我的公寓在去年十月開始正式拉皮。因為是大規模整修的關係，管理委員會也很慎重其事。在嚴格審查競標的工程公司以後，拉皮以前，便事先將詳細的作業時程與內容計劃書，遞交到每一戶的信箱。只要有任何時間或作業上的更動，都會再補上告知單。

在大廳入口處架上了公告欄，標示翌日哪幾區要進行外牆作業，因此這幾區的用戶能不能在陽台曬衣服：圓圈代表可以一如往常晾衣服；叉叉則代表不行。還有三角形，代表如果住戶在家的話才可以晾衣服。那段日子，每天回家時就會先湊到公告欄觀看。像是看放榜一樣，瞄一下自己的房號是否中獎。

本來以為最多費時兩個多月，一定會在跨年前完成拉皮的，沒想到整個作業比我想像中更為耗時且複雜。除了外牆的刷新之外，大廳和走廊也全部重新油漆。瓷磚要裂了就貼上標識，一一更換。每一家的陽台也重新鋪上新的防水漆，甚至房門的門框也重新粉刷。常常敲敲打打的，也只能忍受。

終於在四個月過去以後，拉皮手術大功告成。

三十年的房子，煥然一新。比想像中更為脫胎換骨，因此縱使屋齡不小了，我也沒有辦法強迫它冠上「老」字。那一刻我才知道，原來房子好好保養，也跟人一樣，看起來會比實際年齡年輕許多的。我不禁在想台灣許多的公寓大樓，同樣的年齡是不是已顯得老態龍鍾呢？還好房子不用參加同學會，否則一定感傷。

看著鷹架拆除的那個午後，陽光灑進屋裡的地板。我踩著光，推開落地窗，我又拿回了那一片毋需拉皮也總是不老的藍天。

03 立場逆轉的房仲經驗

想到一個台灣人買下的公寓，成為一個日本人新生活的原點，看似毫無聯結的卻因為這個空間而交匯，便覺得有趣。

最近，關於房事又有了新發展。那就是我竟忽然變成了代理房東這件事。

因為親朋好友決定在東京置產，得知去年我在東京尋得了落腳處，故請我幫忙尋找適合的物件。但因為對方人住在台北，很難事必躬親，因此在房屋成交後又繼續委託我幫忙招租找房客，同時在找到房客以後繼續代管租屋。

於是，立場大逆轉，我突然在一年之內從租屋、買屋，轉而成為（代理）房東的角色。過去身為房客時，很少考慮到房東的立場，也沒想過房子租出去以後，會碰到怎麼樣的房客。種種的細節，又讓我踏入一個新鮮的世界。

協助我的公司前輩，是日本人當中少見對房地產有濃厚興趣的。在符合親友所期望的條件前提下，我和他一起幫忙親友篩選值得投資購入的物件，並親自前往看房。

買房子若是自己住，那就是準備搬家入住就行了。但買來投資當租屋則不同。因為好不容易買了個房子，但最後卻租不出去，那可就頭痛了。

親友的房子在交屋以後，我幫忙去了房仲委託招租。以前去房仲是要租房子，這回去房仲則是找房客。每個房仲的業務員都很會講話，但哪一家才是真正有行動力的，真是要貨比三家才知。無論如何，要在最短的時間內把房屋租出去才行，多一點佣金也無所謂，這是最高準則。因為房子放在那兒，沒租金收入，每個月也要繳管理費和修繕基金。

終於找到房客以後，那天，房仲傳來了承租者的個人資料。

手上突然間擁有了一個陌生人和其家族保證人的資訊，甚至還附上了他們的身分證明，這樣入侵了別人的私領域，感覺有些奇怪。讀著資料，知道了親友買下的這間套房，即將入住的，是一個來自新潟的十八歲男孩。

高中畢業，考上了在東京的大學，離鄉背井，青春的校園生活和光彩炫目的東京人生，就要在眼前展開。

很多日本人都是在念大學時離開老家，一旦搬到東京以後，從此就在這裡落地生根，再也不會回去。

想到一個台灣人買下的公寓，成為一個日本人新生活的原點，看似毫無聯結的卻因為這個空間而交匯，便覺得有趣。

說不定，這個男生以後還會是個名人呢！那麼這個小小的套房，就是他來到東京的第一個落腳處，簡直是他人生的分水嶺了。此刻，成為代理房東的我，好像感覺有點與有榮焉呢！我又開始胡思亂想起來。

前輩聽了忍不住笑起來，給了我一個結論：「你還真是做什麼，都脫離不了寫小說的作家本行。」

然而，事實上是這個新潟大男孩入住以後，第二天就打電話來跟我說：「浴室洗臉盆水管漏水了！」請我想辦法解決；過了幾天又來電說：「為什麼我只是洗個澡，廚房的煙霧警報器就響個不停？」問我該怎麼辦？種種過去從沒想到，房東就是要來解決這些瑣事的部分，完全超出了我構思的劇本情節。但，我一點也不嫌麻煩。因為我又能從這些緊急事件中，學到很多該怎麼應變的經驗。

台北的親友偶爾會問起：「最近，我的房客還有麻煩嗎？」沒有沒有，我回答：「乖得很。而且房租都有乖乖入賬。」希望他繼續這樣乖乖下去。每個月當我幫忙親友刷賬本時，也會順道祝福一下這個男孩：生活快樂！學業愛情兩順利！

04

踏進別人的家

很少有這樣的機會，堂而皇之闖進某個人的生活切片，對照一個人平常在外的樣子，和他日常起居的真實模樣。

最近我踏進了從未去過的別人家，拿著鑰匙自己開門，而且主人還不在那兒。

開啟大門站在玄關，視線跟著腳步從走廊穿越廚房走到房間，最後停在陽台的落地窗前時。我環顧四周，升起一股奇異的感受。

這明明不是我的家，但此一瞬間，我卻在這個空間裡行使著實際的主權。很少有這樣的機會，堂而皇之闖進某個人的生活切片，對照一個人平常在外的樣子，和他日常起居的真實模樣。家中的整潔度到什麼程度呢？使用的電器、家具和許多的小物雜貨，甚至是房間牆上貼的海報等等，每一個物件皆毫無遮掩地暴露主人的性格，甚至是祕密。

廚房的熱水壺保溫著剩下一半的水；書桌上散堆著看過的電影票根和藥單；床頭邊放著應該是睡前常會用到的鼻炎噴霧器；沒摺疊好的棉被，像是轉醒的人剛剛才從被窩裡匆忙離開。然而，主人已經不在這裡好幾個月了。

喔，別擔心，房間的主人還好好活著。其實是大姊朋友的孩子，在東京念書工作，因為細故而臨時返回台灣，於是託我偶爾來幫忙收水電繳費單和郵件。日本有些公寓會在一樓玄關處設置所謂的「宅配箱」，如果送件但住戶不在家時，就可以將包裹寄存在宅配箱中，快遞或郵差不用再跑一趟。住戶憑ＩＣ卡解鎖領取即可，有點類似於車站行李寄放櫃的概念。我每隔一段時間來，幫忙將宅配箱裡寄放的包裹拿上樓放，才知道他花了不少錢在買偶像周邊商品（雖然，他堅稱那是朋友的）。包裹愈堆愈多，暗示我知道的祕密也愈來愈多。

在異鄉念書或工作過的人，都有一種難以解釋的鄉愁，那種情緒具象化並縮小到一個點的時候，就是曾經住過的租屋。退房以後，進駐了新房客，通常就不太可能重返那個空間了。所有的人都會好奇現在裡面變得怎麼樣了呢？可最多也只能從外眺望。

過去我住在神樂坂外圍的小公寓，搬家後住進了一個未曾謀面過的房客，我一直再也沒踏進過那裡。去年因為某個特殊的原因，我竟有機會在闊別數年後再次進入。

踏進我的家，也是踏進別人的家，那種感覺好奇怪。整個內部的擺設、氣氛甚至光線已經跟我記憶中的模樣全然迥異。我喜歡以前的樣子，可是此刻，在這個空間裡過日子的是別人了，而屋子又會喜歡哪個人呢？

現在住的地方，前屋主是一對夫妻，來看房時還住在這兒。他們的家具不多，不常開伙，廚房很乾淨，整個空間維持得相當清爽。初夏午後，記得當時天氣甚好，陽光從客廳的落地窗外篩落進來，像帶著水波的光影晃動。我的眼睛自帶AR虛擬實境功能，開始構思倘若我住進來以後家具該怎麼擺放？踏進別人的家，卻已經有著自己家的感覺，那種神祕的相遇可匹敵愛情。

一般人都怎麼想像日本人的家呢？如果在當地沒有認識的日本朋友，應該很難有機會真的踏進別人的家。以前我對日本人的家的想像，都來自於日劇、裝潢改造節目、室內設計雜誌和無印良品。然而，這些年來我才領悟，日本之所以有那麼多教人如何收納的家具或雜誌，乃至於後來流行的名詞「斷捨離」，其實正因為大多數人的家，特別是從小住到大的地方，基本上都是又小又擠又亂。那些美好的畫面原來也只是期望的藍圖。

疫情以前，我家幾乎每個月都有來自台灣的訪客。盛況時，無論是家人或摯友，若不提早幾個月前預約的話，甚至難以搶得一席。為了方便進出，有時我會給他們鑰匙。起初我曾好奇，當我還未回到家而他們自行回來時，會不會不自在呢？後來，看見他們在沙發上、客房裡東倒西歪的時候，我就放心了。我想我的家，不會是令他們感到難以親近的別人家。

啊，想起這些，那彷彿都是好久、好久以前的事了。

05

愛看房屋格局圖

如果真有人住在這裡面，會是什麼樣的人呢？如果我住在這裡，是否會過起不同的生活？有空間，有人物，有想像力，一間房屋就有了生命力。

好像常有人容易誤解，以為如果作家的散文風格抒情，小說故事多情，就認為作家一定生性浪漫，成天忙著傷春悲秋。對作家的創作過程也有不切實際的想像，總認為作家感情豐富，所以寫作隨性，就好像看風往哪裡吹，天光往何處乍洩，筆觸就隨之改變。

其實，只要有機會聆聽任何一位作家，述說他們如何寫出一篇散文，又怎樣架構出一篇小說的話，相信很多讀者都會驚訝，原來創作是很「結構性」的事。僅是滿懷情感卻不夠理智的寫作者，基本上寫出來的文字永遠只是喃喃自語，很難具有溝通性，無法撐出一篇大規格的作品來。

尤其是寫小說。我常覺得寫小說很像是蓋房屋，小說中的每一個人物、人物的性格設定、身世背景、對話情節，還有想要傳達的主題等等，從這些小環節的緊密契合，去組成一篇故事，整個過程就有如蓋房屋需要設計圖，從打地基開始，一步一步往上蓋……矗立好了整體的外觀架構以後，接著再依照房屋的格局圖去整修內部隔間與裝潢。

不知道是不是這樣，其實我在很小的時候，根本還不知道未來會走上寫作這條路時，就很著迷於用積木蓋房子這件事。後來，有很長一段時間，甚至進階到愛上製作擬真的模型屋。

做模型屋比玩積木，當然是複雜更多了。零件的黏接組裝和上色的過程，每一個動作到下一個動作之間，都極度需要耐心。那或許潛移默化訓練著我更懂得（未來在創作上的）不冒進。

做模型屋總是讓我心無旁騖，專注力特別集中的過程也帶著療癒感（雖然彼時年紀太小並不懂這三個字），完成時看見成品，如果做得接近理想的成果，成就感油然而生。怎麼想，那些情緒都很像現在寫作時的感受。

模型屋內的格局，總是在蓋上屋頂以後就不太容易看得見了，可是整間模型屋，我最願意花力氣去慢工出細活的，反而是內部的設置。在還未蓋上屋頂以前，從上而下鳥瞰室內的隔間，又或者蓋上屋頂之後，從窗戶窺視若隱若現的室內格局，總激發我許多的想像。

如果真有人住在這裡面，會是什麼樣的人呢？如果我住在這裡，是否會過起不同的生活？有空間，有人物，有想像力，一間房屋就有了生命力。而架構小說時最初需要的「胡思亂想」基本功，大概也就是從這個階段開始慢慢熟能生巧的吧？

房屋格局圖在日文稱為「間取り図」。關於房屋格局，日本自有一套像是密碼的專業用語，比如若在平面圖上看見寫著「2LDK」，意即房屋的格局是有兩個房間、一個 Living Room（客廳）、一個 Dining Room / Space（用餐空間）、一個 Kitchen（廚房）。

學生或剛畢業找工作的職場新鮮人考量預算，找的租屋較小，格局通常會是「1Room」和「1K」，兩款都是中文所說的小套房。差別在於「1Room」是一開門，所有設備包括迷你廚房都擠在一個空間裡，而「1K」則是屋內還有一扇小門，區隔開迷你廚房和房間。當然，後者的租金就會高一點。

早就不做模型了，但直到現在，我還是很愛看房屋建案的平面格局圖。雖然公寓大廳的信箱旁明文張貼著禁止投函廣告，但總還是會出現不少傳單。房屋建案的銷售不在少數，其中有新房子的，也有重新裝潢好的二手屋。每次清信箱裡的傳單時，其他的廣告大多看也不看就丟，唯有不動產的傳單，我會攤開來略為掃描幾秒，主要就是想看看平面格局圖。

這樣的空間配置理想嗎？

看著格局圖時，腦中就開始忍不住勾勒或好或壞的想像。我現在的家有兩個房間，所以對有三個房間的格局圖總是特別感興趣。想像如果我家能再多一個房間，這張格局圖會是我喜歡的生活空間嗎？想像力不用花錢，想好想滿也無所謂。

公寓信箱有要你買房子的廣告傳單，但經常也會出現另一種不動產傳單，詢問你是否打算要賣掉現在住的這間房子，而且就是寫得很清楚，要買這棟大樓的物件。原來，是有對這裡心儀的客戶常在詢問房仲，看能否恰好等到一個有人賣房的契機，想要住進這裡來。

總在這時候，我想起過去製作模型屋的心情。我曾想像住進某一個不存在的空間裡，而如今則有人希望能住進我實際的空間。能住到一個喜歡的地方真是一種緣分吧。

美好的生活是一種想像，房屋的空間則是落實這種想像最具體的方法。然而，能不能幸福過日子，其實又跟具象的房屋本身無關了，最終還是得回到精神的層面，最初的那個無形的自我。

06 動物之家

外甥女來東京時住我家，聽我聊起想養狗這件事，語重心長地說：「舅舅，你養了狗以後，這些家具和地方絕不可能保持成現在乾乾淨淨的樣子囉！」

小時候，家裡有水族箱。好像我們這個世代的台灣孩子，那年代有一陣子家裡都流行放個魚缸養魚？一般來說就是養金魚。當然如果你家是做生意或有錢人的話，在九〇年代初陳淑樺《夢醒時分》和江蕙《酒後的心聲》專輯賣破百萬張的台灣，水族箱裡應該是紅龍和娃娃魚。

對了，我記得我家的水族箱一定會放一、兩隻黑黑的、長得很醜的，叫做什麼垃圾魚的魚對吧？說是會吃水族箱裡的髒東西。以前覺得這種魚也太可怕了吧！而且那長相，無論魚缸裡養的魚多美，都覺得煞風景。然而，長大以後回想起來，垃圾魚的所作所為真是偉大的情操。

我家有水族箱的原因之一，是當年去眼科看醫生時，醫生跟我爸說，眼睛要多看遠方，也要多看綠葉，就建議可以放個水族箱，沒事叫我看看水草（？），眼球跟著金魚游動多多轉動。我爸體現了對我的愛，從此我家就有了魚缸。

家裡有魚缸真的是一件很麻煩的事。定時餵魚、清洗魚缸，還要注意是否有零件故障。我記得有一次好像魚缸的什麼東西壞了，水竟然整個溢出來，好像還有魚也一起掉到外面？總之一家人回家時，嚇到傻眼，嚇到比金魚的眼還凸。

養金魚，最困難之處在於，牠們其實很容易死。只要一點點條件不對了，牠們沒在客氣的，馬上死給你看。所以前陣子，當我在參觀「ART AQUARIUM GINZA 藝術水族館」時，雖然整個空間弄得如夢似幻的，形形色色的金魚也搖曳生姿，但我總忍不住在想，養金魚很難的，這裡的金魚折損率高不高？

然後看著看著，縱使是個純潔高尚的美術館，但實在忍不住也就想到了篠原涼子的那部日劇《金魚妻》。而一想到篠原涼子，又想到日劇《Silent》裡，她已經得演一個二十六歲男生的母親，我花了一點時間才適應這件事……

呃……扯遠了。

除了養過金魚，如果說是小動物的話，小時候還養過兔子。兔子跟金魚在某個點上應該很同病相憐，那就是兔子也很容易死。印象中好像不能太常洗澡？洗澡碰到水時，要注意的事情也很多。還有兔子的腸胃消化系統很脆弱，不能吃太富含水分的食物（包括水果蔬菜），不能喝太多水，喝的水要煮開過，因為生水會造成腹瀉……另外還容易患上什麼毛球症、球蟲病之類的，總之結論就是凡是看起來太可愛的，其實都很難伺候。

我最希望的還是在家裡養隻小狗。可是現在的工作型態不允許，我經常不在家，而且有時候回台灣的時間較長，實在沒辦法養。

大姊和三姊家都有養狗。外甥女來東京時住我家，聽我聊起想養狗這件事時，語重心長地說：

「這裡、那裡，還有這裡，」她一邊指著我家各個角落，一邊說：「舅舅，你要想清楚。你養了狗以後，這些家具和地方絕不可能保持現在乾乾淨淨的樣子囉！喔，還有，為了養狗你會需要一個大籠子，你要放哪裡？另外還有狗需要用到的物品，你也必須空出來一個地方來放，你家的空間夠嗎？」

聽了以後，我決定還是偶爾經過狗店，看看就好。

仔細一想，我還認識真多愛貓愛狗的朋友呢。跟我要好的幾個好友，在台灣都是熱愛貓狗的一群人。

有的人是小狗派，有的人則是小貓派，當然兩者都愛的也有。這年頭在家裡只養一隻貓或狗早就不稀奇了，我的這群朋友有好幾個人都是同時養兩、三隻貓或狗的。除了我大姊家養了一隻以外，三姊家還養到四隻！那些小狗自然都得聽我三姊的話。倒不是因為她是主人，而是論資歷，我三姊才是其中最資深的老狗——因為她本身也屬狗。

在台灣的住家裡養貓養狗，基本上只要對動物是好的環境，似乎沒什麼太大的限制。可是在日本就不同了。無論是租房子或買房子，日本的不動產都會事先告訴你，你能不能在屋子裡養寵物。大概一般人指養寵物，多半是貓或狗吧，因此說禁止養寵物，一般人的認知就是禁止與貓狗同居。

不過，可不是每個人對寵物的定義都是相同的，所以合約規定的細節也因地而異。比方說，有的物件會更詳細地標注，不能養寵物，但魚和烏龜不在此限。

貓狗會叫，怕影響鄰居所以禁止豢養，這倒是可以理解，不過我看過最匪夷所思的規定是養鳥也沒問題。我奇怪鳥不會亂叫嗎？憑什麼鳥可以，貓狗就不行？說不定我養的貓狗還比你養的鳥有家教呢，到底判斷的標準為何，令人玩味。

這件事在我跟日本朋友山田君討論起來時，變成了照樣造句的聯想遊戲。因為「不能養寵物但可以養鳥」的規則，大大破壞了本來以為禁止的原因是「會叫的都不行」之底線，所以我們開始思考「鳥」的定義可以寬到哪裡。

我說如果可以的話，我想養一隻鵝。山田君問為什麼，我想了想，胡謅亂道：「感覺比較搭配我的無印良品家具。」山田君則說，他想要養鸚鵡。但話才剛說完，就改口想養孔雀，然後不到三秒又想改變答案。

「所以你到底想要養什麼？」我耐不住性子逼問。山田君想了想，露出邪惡的笑容說：「那我可不可以豢養一個『會叫的』情人？」

拜託，情人不是鳥，更不是寵物！才想要這麼說時，我突然想到《鶴妻》這個故事。看來鳥也好，貓狗也好，愛的形式有很多，或許其中一種愛的從屬，美好的維繫，就是主人和寵物的關係。眼前的山田君在等我的答案，露出無辜的眼神，怎麼突然間，竟然像極了一隻渴求肯定的小狗。

07

講義氣的信任感

搬到東京定居後，回台灣度假前，我曾問過外婆想要什麼日本的土產？外婆說了一個很奇妙的東西：「仁丹。」

整理醫藥箱抽屜時，翻出了一罐不知道放了多久的仁丹。

剛旅居日本的前兩年，我的外婆還在世。外婆是台灣日治時代出生，受日本教育成長的女人，即使事隔半個世紀以上，她仍能說出一口比我還要流利的優雅日語。外婆曾想過到日本旅遊，可惜總因細故和健康狀況而難以成行，結果直到九十歲辭世，終其一生都沒踏上過日本本土。

搬到東京定居後，回台灣度假前，我曾問過外婆想要什麼日本的土產？外婆說了一個很奇妙的東西：「仁丹。」

小時候，我也吃過仁丹，但已經好多年沒聽到這個名詞了。從前，我們管它叫「口味兒」，現在大概只能在傳統藥房買到。我好奇這東西台灣就有了，為何要特地從日本買回去呢？外婆回答：「那不一樣。日本做的比較好。」

在台灣歷經過那個年代的阿公阿嬤，大約都和我的外婆相似，受到日本文化影響很深。他們常常聊起日本的好。有些人難免會以政治的角度批評，但在我看來，他們口中所謂的「好」與其說是美化了日治時代，不如說是想念自己的青春。在那隨著年事已高而逐漸微調的記憶中，追憶著再不可能重來一次的青春。

覺得日本製的東西品質比較好，這觀念從祖父母年代影響到我們的父母，進而又深入我們這一代。如今就連比我小的二十歲世代朋友，每當到日本旅遊購物時，同樣的品牌即使在台灣當地有授權製造的，仍會千里迢迢在日本買了帶回去。

要說是「哈日」嗎？或許有那麼一點。但，更精準地說，我認為那是展現出了一種台灣人的特殊性格：單純的信任感。

台灣人很奇妙，背負著非常複雜的歷史背景，在國族及文化認同上多端分歧，但在性格上卻揉造出一顆很單純的心。

我們很容易相信一件事情，不管是日常生活的吃喝玩樂或是政治議題。信任感很容易激起我們的愛，然後一不小心就會變成盲目的狂熱。但我們單純地去愛，也可能一翻眼單純地去恨；一旦感覺被背叛了的時候。

台灣人講義氣。再棘手的事，規則和順序都因此可以重新洗盤。用在對的地方，那是一種大而化之，包容萬物的可能性；用錯了，就是一種重蹈覆轍的健忘。

偶爾在東京的藥房，瞥見仁丹時就會想到外婆的事。從前，許多台灣人對日本有好感，是來自於上一代的影響。但現在有更多人是試圖透過日本，這個與台灣鄰近的先進國，去摸索一個未來的理想台灣。

像是從未吃過仁丹的孩子，想像著閃亮的銀色小顆粒入口以後會是辣或是甜？有藥草味或是糖果味？

台灣人的定義如果是一種味道，那會是什麼呢？我也還在五味雜陳中慢慢地一口口品嘗，學習著苦中挑甘味。

08

卡在記憶中的時代

身旁有年輕的孩子，一邊聽著一邊點頭打節奏。看他們的年紀，回想我聽見這首歌時還是個國中生呢，比現在的他們還小。而超過三十年的歌，對他們來說反而是新歌了。

在我東京家的客廳裡，明明知道有很方便能聽串流音樂的HomePod，旁邊卻仍擺著一台黑膠唱盤機、CD播放器，以及，卡帶隨身聽。錄音帶和隨身聽。以為將永遠被淘汰的東西，近幾年忽然跟黑膠唱片一樣又捲土重來。而且這一次，錄音帶彷彿變成稀世珍寶似的收藏品。

這些錄音帶可不是市面上流通的二手貨，而是歌手發新片的時候，刻意出版的限量品。還不是人人都能發行錄音帶，得是頗有人氣的歌手才會有。

一卷錄音帶的定價比過去貴三倍，有時候還不能單買，要購買某個套裝銷售方案才能入手。

想到我那些堆在台北老家的錄音帶，忽然覺得自己變成小富翁。

回到台北整理老家房間時，翻出那一大箱塵封已久的錄音帶。像開啟一只時光的箱子，箱子裡束縛著蠢蠢欲動的記憶，一下子全被鬆綁似地衝出來，進行一場青春與中年的對質。

小時候，關於正版和盜版的概念很模糊。那年代，夜市裡總有許多賣盜版專輯的攤位。三卷一百元，還有更多的是盜版商自錄的精選合輯。那幾年我是小學生，坦白說懵懵懂懂中確實也買過不少。但畢竟是盜版，品質很差，封面隨便印，沒有精美的歌詞本，錄音帶標籤要自己貼，甚至還遇過把卡帶放進錄音機播放，跑了好久都沒聲音。以為什麼歌的編曲這麼前衛，結果AB面都放完了，才發現根本買到空白帶。

很快的，神聖的領悟醍醐灌頂了我，讓我覺得真正喜歡的歌手，就應該買正版，於是開啟了正版國語專輯的購買生涯，那一年是一九八九年，黃韻玲的《沒有你的聖誕節》。

盜版錄音帶早就丟了，留下的這些全是正版的。從國、高中到大學初期買的錄音帶，還完整無缺保留在台北老家，塵封在不被打擾的角落，靜止了時光。

這些錄音帶還能聽嗎？但台北家裡早已沒有能夠播放卡帶的錄音機了。倒是東京的家裡放著一台。嚴格說起來，那是一台卡帶隨身聽，不是以前留下來的，是前幾年特地在東京的淘兒唱片買的。隨身聽可以用USB接上電腦，將錄音帶的音源轉成MP3檔案。好多年前，回台灣時也整理過一次房間，當時就翻出了一些錄音帶，發現有些當年買的專輯很喜歡，可惜串流音樂沒上架。那時候沒補買到CD，而現在也沒在賣。為了能在iPhone中攜帶那些老歌，回日本以後就去買了那台隨身聽。

不過問題來了，在浩瀚的錄音帶堆之中，要最先挑哪一卷來轉檔呢？思考許久，雀屏中選的是金城武，他的出道作《分手的夜裡／夏天的代誌》。

一九九二年，金城武發行第一張專輯，對當時高中生的我來說，是一次前所未有的聆聽體驗。印象中，當時國語歌、台語歌、外文歌，在專輯類型上仍是壁壘分明，但是金城武的這張專輯，舉重若輕地打破藩籬。一張專輯裡共存著閩南語、國語，還混雜著日文和英文。我特別鍾愛裡面幾首台語歌。多年後聽，覺得那些口吻仍飽滿力道，旋律中依然發著光。專輯製作人是陳昇，詞曲人主要是陳昇、黃連煜，還有吳念真等人。幾首歌流淌著很陳昇的氣氛，那種豪放不羈，草根味，青春的衝撞感，有著滿滿的台灣味。

不過，什麼是台灣味呢？這是難以簡單回答的大哉問。在將近三十年後重聽專輯，卻又似乎有些答案。從情感層面上很難定義是哪裡人的金城武，到那張出道作品，於我而言的台灣味，或許就像這樣包容了各種語言的可能性，一張專輯承載著多元文化的融合體。

直到多年後又有另外一張混合著國台語的專輯觸動了我，這一次，甚至隱喻點擊了性別議題，那是五月天的第一張專輯《瘋狂世界》。

我生長在不是使用台語的家庭背景，從小很少主動接觸台語歌。歌手的發音咬字是否道地，坦白說我無法分辨，但也正因如此，不太熟悉台語的我，倘若還有能夠感動我的台語歌，就代表那些歌真的是帶著魔法的吧。

在金城武出道作發行的前兩年，我曾經買下我的第一卷台語專輯，那是林強的《向前走》。台語歌融合搖滾樂，前所未有的音樂類型，大賣四十多萬張，拿下金曲獎年度歌曲和最佳演唱專輯製作人獎，創造當時的「新台語歌運動」風潮，並收編了當時的我。

「北流音樂中心」開幕後舉辦了一項名為「唱　我們的歌」流行音樂故事展，其中有一區以「火車」作為主題，在車廂內窗戶投影移動的風景。關於火車或車站的歌，飄蕩著離鄉背井的情愁，其中一首就是林強的〈向前走〉。

身旁有年輕的孩子，一邊聽著一邊點頭打節奏。看他們的年紀，回想我聽見這首歌時還是個國中生呢，比現在的他們還小。而超過三十年的歌，對他們來說反而是新歌了。我想，他們不會知道，這首歌不僅是歌詞寫到火車，就連MV也是在台北車站拍的。一九九〇年秋冬，台北車站「新」建築大樓落成啟用滿一年，也是鐵路地下化剛滿一週歲，仍是台北的新地標，象徵都會的進展。

林強在車站大堂裡率領舞群演唱，唱出年輕人北上打拚的決心，也唱出九〇年代的台灣，變動的新希望。直到現在，我經過台北車站的大廳和月台時，很偶爾的時候仍會想起〈向前走〉，音樂深植人心的力道實在不容小覷。

沒料到有一天我也成為另一種「北上的人」。歌詞替換地點，相通的情緒，在異鄉某個深夜中忽然聽見了，多少還是漣漪起微微的激動與感慨。

就這樣，明明知道曠日積累的錄音帶音效比不上數位音樂，將卡帶滑進隨身聽並闔上蓋子的動作仍無可替代。就算發生好久不見的捲帶事故，亦明白那是一段我卡在記憶中離不開的時代。

09

我的鄉愁居無定所

想念來的時候，我真正思念的不是某個地方的景物，而是在那裡與我匯聚的人——有血緣的親族，和情同手足的無血緣家人。

二〇二〇年三月上旬，新冠疫情爆發初始，我從東京飛去了歐洲一趟。不算觀光，也並非工作，是一場我難以定義的行程，早在出發半年多前就已訂下。新冠病毒已逐漸蠶食地球，然而當時要去的城市看似依然平和，於是終究啟程。孰料抵達後，瘟疫蔓延有如翻倒的惡水在宣紙上倏地渲染，每一刻，都比想像中暈開得更嚴重。我險些被封在異鄉之城，幾經更迭才倉皇逃出返抵東京。

回到家，進行為期兩週隔離的自我管理。好不容易時限結束，日本宣布進入緊急狀態。外頭風聲鶴唳，病毒敵暗我明，工作和生活型態被迫改變，我又繼續窩在家裡。

就這樣過了兩個月。每一天活動的範圍只剩下公寓裡的狹窄空間，失去跟人和環境的互動以後，彷彿對時空的感受亦變得紊亂。有時候午後忍不住寢寐，轉醒之際，在未開燈的昏暗房間裡，視線與意識同等模糊，曾突然錯亂自己正身在何處？還滯留在歐洲的異鄉嗎？東京，或是台北？

前些年有段日子，密集地在日本各地飛來奔去。為了工作，短時間內大規模地過度頻繁移動，並不是件享受的事。某天夜裡，在LINE上對朋友丟出了句「真想回家」以後，朋友反問我：「你是說回台北嗎？」我愣了一下才回覆：「東京。」

那一刻，突然發現在我潛意識中浮現想要「回家」的那個「家」，已經變成東京。

不過，當我說起台北的家時，依然也是那個我想回的家。在東京，我對日本朋友說何時休假「回」台北；回到台北以後，我對台灣朋友說何時要

「回」東京。曾幾何時，台北和東京，在我的語彙中，移動的動詞已沒有了「去」這個字。

我回台北，也回東京。家人至親在台北，生活重心在東京。十多年來，兩邊都是我的家，兩地皆存在我的歸屬感。

倘若不是活在一個網路時代，且搭飛機門檻沒有愈來愈低的話，台北和東京的距離恐怕還是遙遠的。全球化將兩地拉近，我們分享的訊息沒有時差。日本發生的任何事件，台灣發出的新聞快報幾乎同步。瘟疫來襲以前，每個月平均就有一個朋友從台灣來到東京與我相聚。而在我的臉書上，無論如何至少總有一個人，正在日本的某處旅行。近幾年開始，走在東京的街上，偶爾會冷不防地被人喚住。可能是久違的台灣友人，也可能是未曾謀面的台灣讀者。這些好像只會發生在台北街頭的事，現在出現在東京也不足為奇。

十幾年前，在東京關於台灣的相關事物很少，這些年來，從飲食到娛樂，台灣成為東京的顯學。想念一碗豆花、來份台式早餐、吃碗麵線或逛個誠品書店，曾是我對台灣的鄉愁，如今在東京已非難事。進出的店家面貌愈來愈像了，事過境遷之後，混雜的記憶，那些把酒言歡的笑語，讓我漸漸分不清是留在台北或者東京。

沒有距離感，就沒有鄉愁。在iPhone和臉書誕生的前夕，我因為想要遠離台北這個過於依賴的環境，毅然決然遠走到一個人也不認識的東京。當時通訊沒那麼即時，寂寞和孤獨也濃厚一點。如今回首，我慶幸在那個還沒那麼方便的年代來到此地。

距離感，突顯兩地的差異性與獨特性，許多東西得先靠自己主動發掘，去思考去咀嚼，而不是現在往往先從手機推播中，或者太多人的轉發分享中得知。

當異鄉已不是異鄉，心底就會嚮往起另一個新的異鄉。困在東京家裡足不出戶的日子，忽然感覺我雖然人在東京，卻又似乎不像在東京。心底還延續著被疫情打斷的歐洲行程，喝著從彼方帶回來的咖啡豆，複製當時的氣氛。看電視追劇，想念走過的街頭，有時台北有時首爾。滑著手機上的相簿，窗外是東京的天空，心底踏過的是香港、曼谷、紐約、倫敦和柏林。

在這個地方，想著另一個地方，是我們這一代人的通病。我們試圖在異鄉模仿在地人的生活，回家後剪下旅途的情緒，貼上真實日常的圖層，在日復一日枯燥的工作週間，為生活另存新檔，輸出聊以慰藉的救濟。一去再去喜歡的遠方，樂於以假亂真，當作那裡是自己另一個家，從此「鄉愁」翻轉出新的意義。

家鄉是原鄉，只有一個，但家和異鄉卻可以同時擁有好多。所謂的「鄉」愁在這之間滋生與流動，我逐漸明白，想念來的時候，我真正思念的不是某個地方的景物，而是在那裡與我匯聚的人——有血緣的親族，和情同手足的無血緣家人。

我的鄉愁居無定所。想念在哪裡，我的鄉愁和家，就在那裡。

國家圖書館出版品預行編目資料

東京男子部屋：有故事的空間，43個不安於室的美感備忘錄／張維中作. -- 一版. -- 臺北市：原點出版：大雁文化事業股份有限公司發行, 2023.03；272面；14.8×21公分
ISBN 978-626-7084-74-8（平裝）

863.55 112000750

東京男子部屋：
有故事的空間，43個不安於室的美感備忘錄

作者 張維中
美術設計 謝捲子（封面、繪圖、彩頁）
排版 黃雅藍
校對 孫梓評
責任編輯 詹雅蘭

行銷企劃 王綬晨、邱紹溢、蔡佳妘
總編輯 葛雅茜
發行人 蘇拾平
出版 原點出版 Uni-Books
Email uni-books@andbooks.com.tw
電話：(02) 2718-2001 傳真：(02) 2718-1258
發行 大雁文化事業股份有限公司
台北市松山區復興北路333號11樓之4
www.andbooks.com.tw
24小時傳真服務 (02) 2718-1258
讀者服務信箱 Email: andbooks@andbooks.com.tw
劃撥帳號：19983379
戶名：大雁文化事業股份有限公司

初版一刷 2023年3月
初版二刷 2023年4月
ISBN 978-626-7084-74-8（平裝）
ISBN 978-626-7084-76-2（EPUB）
定價 399元

東京男子部屋

開箱!

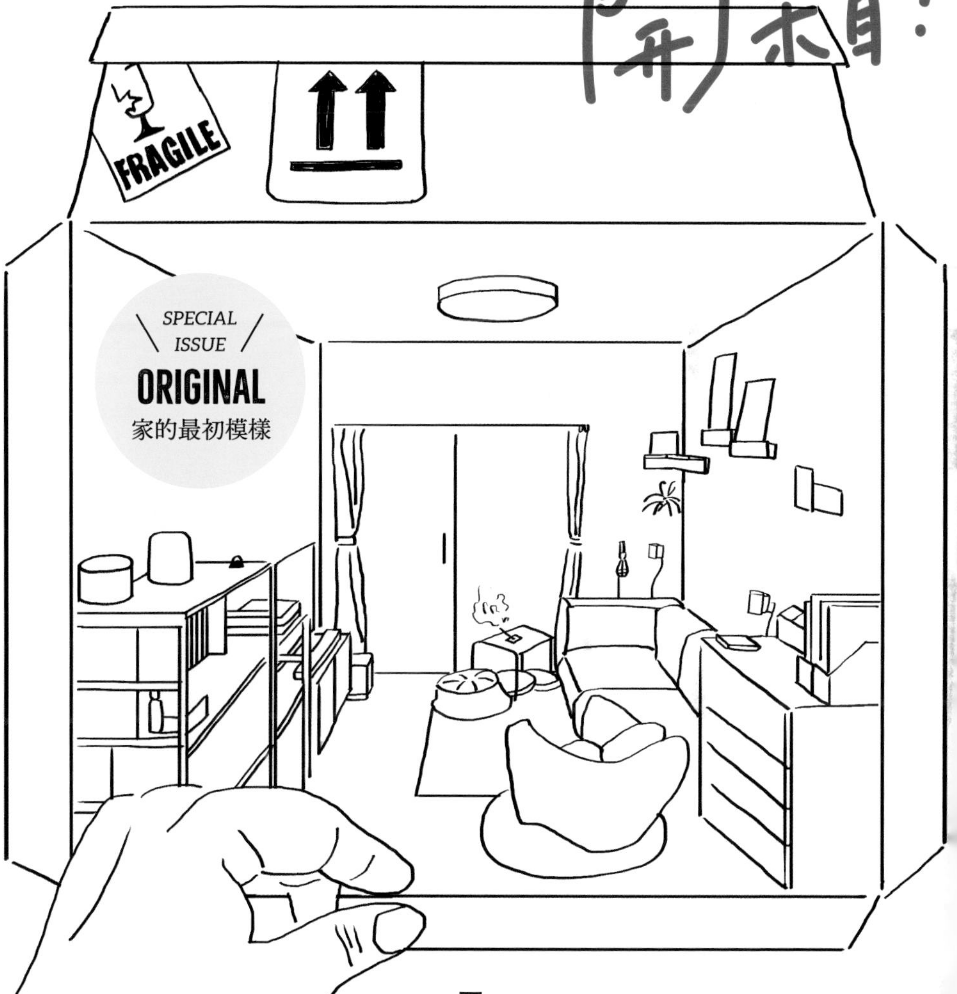

SPECIAL ISSUE

ORIGINAL

家的最初模樣

一起走進張維中的家!

LIVING ROOM

被時間反覆閱讀的起居空間

KITCHEN

一起吃飯的空間, 一起加熱美味的關係

WASHROO

每一天, 乾乾淨淨的洗滌心

BEDROO

工作和休息的基本配備都在這

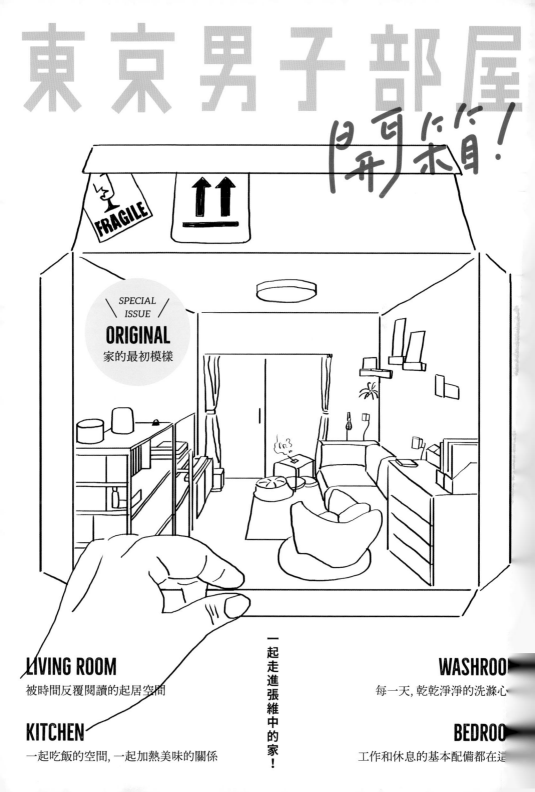

每一個送往迎來的空間，
都有不安於室的想念。

一個有故事的家

我的生命有許多時間的刻度，其中一個標示著「二〇〇八」。可能因為那一年的記憶太清晰，使我總以為二〇〇八年距離自己沒有太遙遠。最近常聽起有人提到「十五年前的往事」，仔細一想，哇，那不就是我來東京的那一年嗎?!二〇〇八年原來已經真的很久了。

這些年來我在東京共住過四間房子，這些空間原本與我無關，卻有緣相逢，還帶進許多與我牽絆的人。

「部屋」在日文裡是「房間」的意思，廣義來說是空間的區劃，人在這個空間中活動，一間部屋就有了生命力；在這裡定居，日常生活漸漸形塑出「家」的概念。我在這個家生活著，在這個空間學習著變成更好的大人。

這本書可說是我的風格養成術，也是美感備忘錄。從玄關．客廳、廚房．飯廳、臥房．書客房到盥洗室，我拍寫下一些生活愛用品，記下一椿椿進出在這個家的人間情事。

我擁有了這些東西，但有一天也將對上天慢慢地繳回去。我想把這些事物記錄下來，以資想念，提醒自己所謂的「擁有」是過程，而不是結果。對我而言，東京男子部屋雖然是位於東京，但讀完這本書的你或許會明白，如今的我在東京，但是也不在東京。

リビング・げんかん

客廳・玄關空間

有故事的起居空間，被時間反覆閱讀，
因為來自四面八方的人間情事，
讓我在這裡同時充滿著不安於室的想念。

（由左至右）象印的加濕器外型完全就是熱水瓶家族成員。大台HomePod的音效真的比mini好上百倍。PORTER和松榮堂合作的線香台。

關是屋裡屋外過渡空間。

LIVING ROOM

BOSE 家庭劇院音響真的建議投資，Soundbar 配上兩個左右小音箱，最後再來個重低音箱，從此追劇離不開客廳。

光是看客廳的照片，明眼人大概很快就能辨識出大約九成以上的家具，都是來自於「無印良品」。其實倒也不是說我有多愛MUJI，只是這個階段的我不愛五顏六色的空間，恰好無印良品的家具色澤低調，木質色的溫潤感也比較有溫度，有著清爽的生活感。還沒有搬來日本以前，我沒有一個人自己住的經驗，無法按照自己的喜好，實現室內設計的想像。雖然我不知道會在東京生活到哪一天，但至少此時此刻我落實著我的理想生活空間。

實體唱片旋轉的是一種看得見的時間感，一張唱片轉完了，像沙漏般，踏踏實實的一個小時完成報數。

リビング · げんかん

客廳 · 玄關空間

中川政七商店的生肖陶偶。該年份的會供在 VIP 位置，退役的動物們就收到書櫃上陪伴彼此。

我發現我的「奈良大佛」很受大人歡迎，但小孩看了都沒好評（笑）小孩們對氣象球及伽俐略溫度計比較有興趣。いい~

★

救難包裡的神器：手動充電收音機兼行動電源及手電筒。用 USB 線充飽電以後，具備手電筒和收音機的功能，還能為手機充電。

LIVING ROOM

喜歡這組可以盤腿坐上去的沙發。沙發上方的牆壁裝飾停了一排 TOMICA 迷你車，滿足了不會開車卻喜歡可愛車款的我。

キッチン・ダイニングスペース

廚房・飯廳空間

在美味的關係之中，我慢慢品嘗著回味無窮的記憶。一間房子，直到有人進來與屋主共餐了，那個空間才會開始有溫度。

家裡的廚房和客飯廳之間隔了一個像是吧檯的系統櫃，上一任房客是一對夫妻，記得當時來看房時，就注意到他們沒買餐桌，直接將矮櫃當成吧檯式的餐桌使用，毫無違和感。我對現在居住的這間房子觀感加分，這個矮櫃占了很大原因，除了有區隔廚房和飯廳的功能性以外，更重要的是收納功能極強。而餐桌也是購自於無印良品，比起一般的餐桌來說，它比較低矮一些，恰好我

KITCHEN

（右）旅人的咖啡豆，這些來自於 2020 年 3 月一趟快閃柏林。

（下）疫情期間封鎖國境之際，ANA 的飛機餐撫慰了我的心。

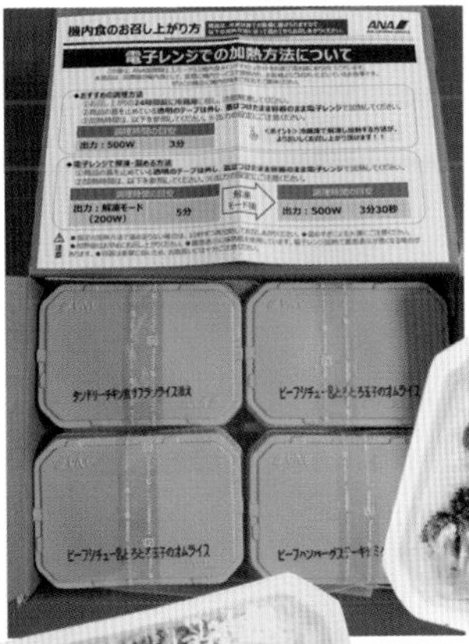

冰箱是房間裡的另外一個世界，比房間藏著更多的祕密。

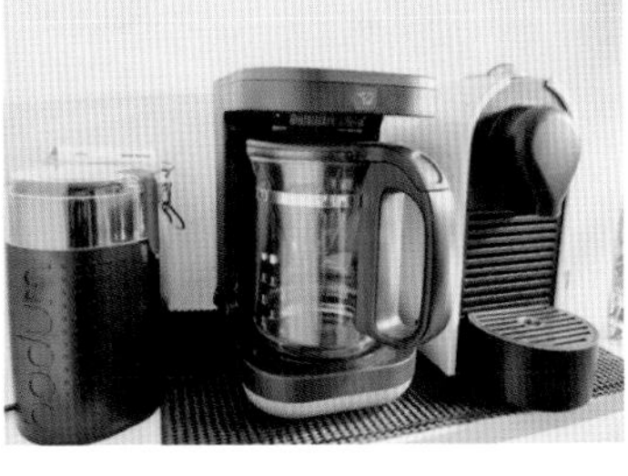

（左）剛蒸煮好的飯，盈滿著一股新生而質樸的味道，像是初生的新生兒，飽滿希望。（右）現在用的美式咖啡機是象印推出的「STAN.」黑色系列小家電。

家的天花板不高，因此放這張桌子會讓飯廳的高度顯得不那麼有壓迫感。

よくしつ・せんめんだい

盥洗・清潔空間

乾乾淨淨的心靈，存在於洗滌之間。
年紀漸長以後，發現要把自己活得乾乾淨淨，
從生理到心理，真的是個重要的課題。

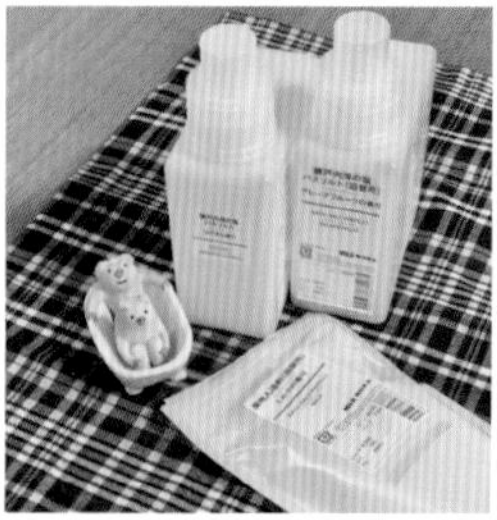

很喜歡這塊有溫泉標誌的腳踏墊，旁邊是小型電暖器，讓冬天時盥洗室不會冷冰冰。

牙齒不健康的人，只要一看牙，就是沒完沒了。

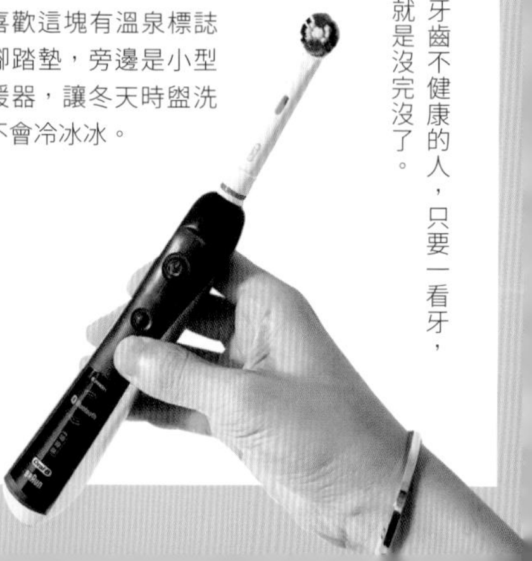

WASHROOM

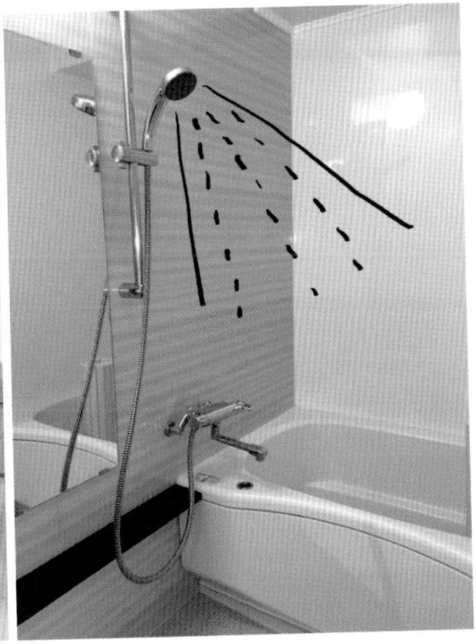

（左）我的洗衣機和烘衣機都是 Panasonic 的。一旁捲起來的東西，是浴缸放熱水時的蓋子，延緩降溫。（右）冬天能夠在家泡澡，真是療癒身心。

喜歡房子的這種格局，有一個獨立的盥洗空間，將乾濕分離的浴室和廁所、洗臉台、洗衣機全集中在這個區域，簡單來說就是一個小房間，有一扇門，隔開屋內的其他空間。特別喜歡洗臉台鏡子的設計，分成左中右三面鏡子，打開來後裡面的收納空間也非常理想。因為自己在意盥洗空間的清潔，於是拜訪別人家裡時，總忍不住會注意對方的浴室和廁所乾不乾淨。如果一個人的家很髒，無論他打扮得多麼時尚潮流，我想我也很難跟他交往。

當開始用起刮鬍刀的時候，一個男孩就忽然意識到自己是個男人了。

しんしつ · きゃくしつ

臥房 · 書客房空間

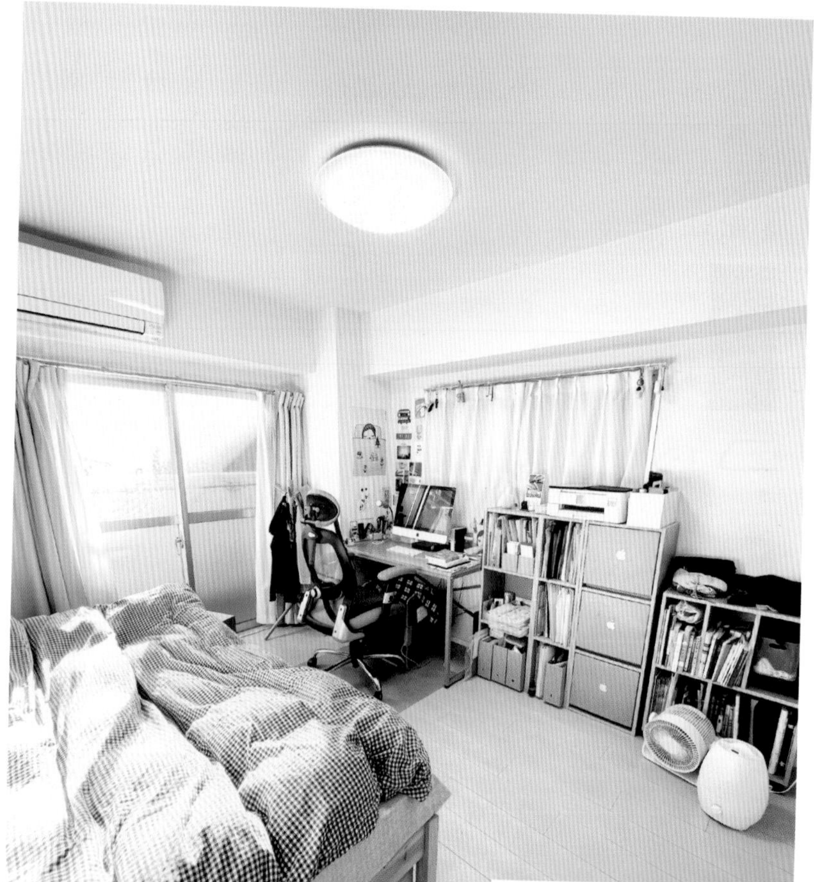

許多的創作，都是從這個放著 iMac 書桌的臥房裡誕生的。

我的閱讀和運動，則在隔壁的榻榻米房，而這裡也是親友們眠睡造夢的空間。

對我來說，睡覺具備著非常強大的，自我療癒的功效，可以 reset 身心狀態。

BEDROOM

家裡有兩個房間，一間是臥房，另一間是書房，暱稱為榻榻米房。書房除了放書以外，還有內建兩個大儲藏櫃，用來收納棉被、行李箱、乾貨存糧等雜物。這裡同時也是運動間，而每當至親好友來訪時，書房又變成了客房。起初我其實也想過，將臥房裡的電腦桌放到書房，這樣就讓臥房純粹用作睡眠，書房用作工作場所，但是後來榻榻米房人來人往，川流不息，於是就沒再更動過。臥房電腦桌的牆上貼了很多東西，主要是一些旅行的記憶。工作累了，抬頭一看，激勵自己必須好好（認命）賺錢再出國玩。

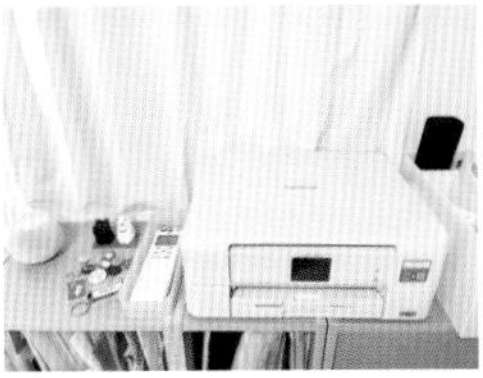

（左）從前印表機絕對是家裡必備的電腦周邊產品，曾幾何時現在變得這麼沒地位了。（右）行李箱因有目的地而存在，有出發的起點，就有結束的終點。

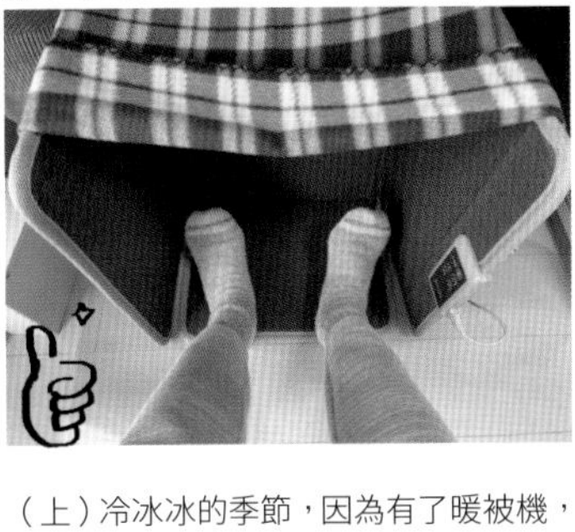

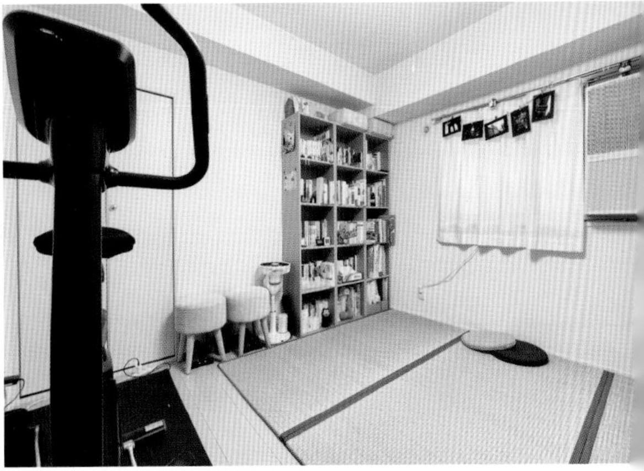

（上）冷冰冰的季節，因為有了暖被機，即使一個人睡，沒有人體暖爐在身邊也無所謂。（下）書桌下雙腳使用的發熱板，完全解決了我的冬季人生困境。

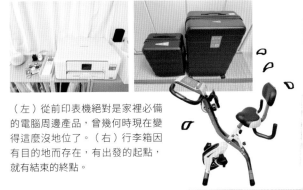

オリジナルなくうかん

男子部屋的原型空間

交屋以後，在尚未搬家進來以前，拍下東京男子部屋的原型空間。

浴室洗面台是前房東向 TOTO 整套訂做的，而旁邊的空間放置洗衣機。

ORIGINAL

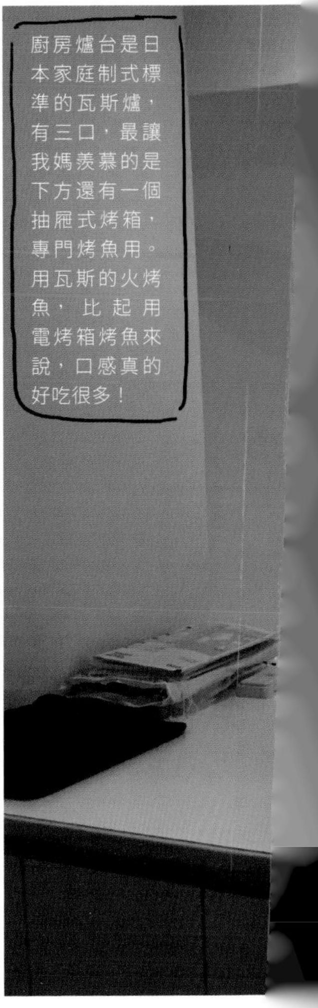

廚房爐台是日本家庭制式標準的瓦斯爐，有三口，最讓我媽羨慕的是下方還有一個抽屜式烤箱，專門烤魚用。用瓦斯的火烤魚，比起用電烤箱烤魚來說，口感真的好吃很多！

每次看都會詫異，這個家其實看起來並不大吧？可是如今居然可以塞進這麼多的東西！我真的相信「萬能口袋」是存在的了。

一間房子跟自己是否有緣？其實一打開房屋的大門，當下多多少少就會知道了。簡單來說，就是走進房子裡時，倘若能夠讓人感到「神清氣爽」那就對了。

從零開始，設計出一個自己喜歡的房子。在這裡生活，結合起工作的場域，這些年來生命裡許多新的感受和動力，就從這個嶄新的空間中滋生而出。